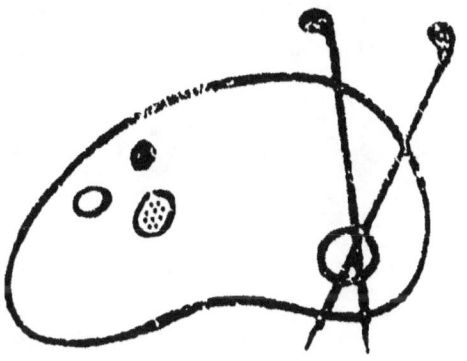

Début d'une série de documents
en couleur

COUVERTURES SUPERIEURE ET INFERIEURE D'IMPRIMEUR

367

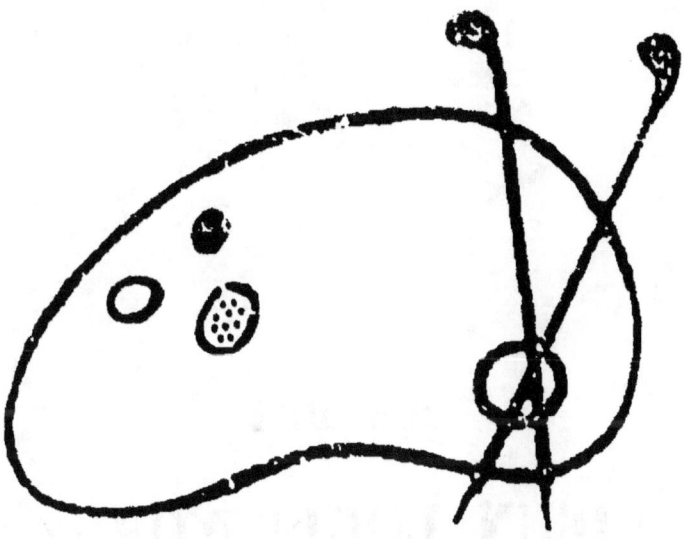

Fin d'une série de documents
en couleur

HISTOIRE
D'UN LOUIS D'OR.

8e SÉRIE IN-12.

Mme GUIZOT

HISTOIRE

D'UN

LOUIS D'OR

SUIVIE DE

LE DOUBLE SERMENT

LIMOGES

EUGÈNE ARDANT ET Cie, ÉDITEURS

HISTOIRE

D'UN LOUIS D'OR

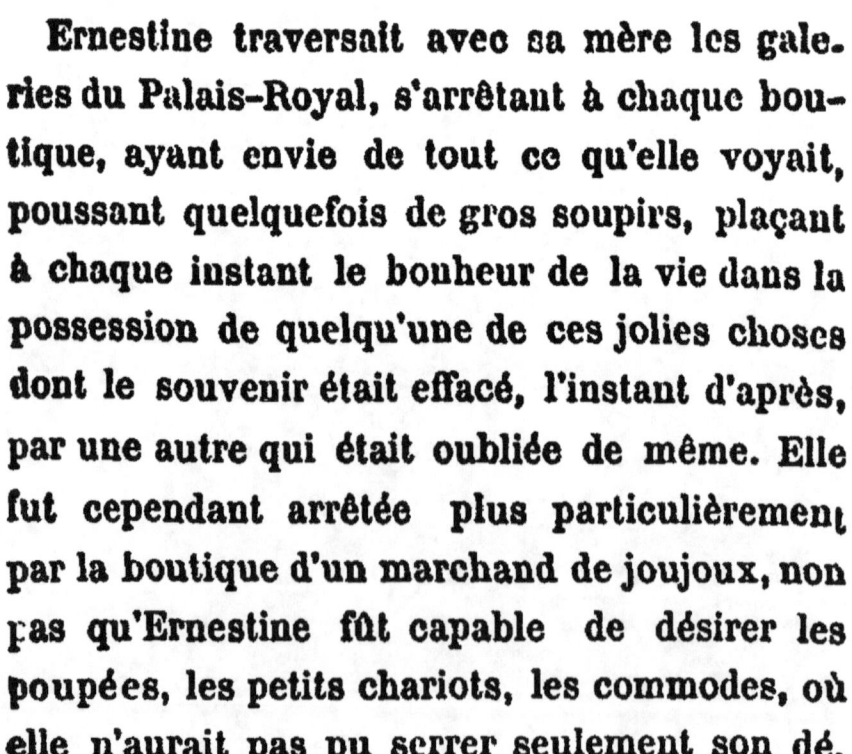

Ernestine traversait avec sa mère les gale-ries du Palais-Royal, s'arrêtant à chaque bou-tique, ayant envie de tout ce qu'elle voyait, poussant quelquefois de gros soupirs, plaçant à chaque instant le bonheur de la vie dans la possession de quelqu'une de ces jolies choses dont le souvenir était effacé, l'instant d'après, par une autre qui était oubliée de même. Elle fut cependant arrêtée plus particulièrement par la boutique d'un marchand de joujoux, non pas qu'Ernestine fût capable de désirer les poupées, les petits chariots, les commodes, où elle n'aurait pas pu serrer seulement son dé,

tant les tiroirs étaient étroits. Vraiment elle
était bien trop grande pour cela, elle avait onze
ans. Mais une fantaisie qui lui paraissait bien
plus raisonnable, c'était celle que lui inspirait
un tableau mouvant où l'on voyait deux hommes se battre, un chien tourner une broche,
une blanchisseuse, un paveur et un scieur de
pierres. Elle avait retenu sa mère pour le regarder plus à son aise, et sa mère avait eu la
complaisance de s'arrêter ; mais le tableau était
en repos. Ernestine pensa qu'il serait bien joli
de voir tout cela en mouvement, surtout le
chien qui tournait la broche. Elle demanda à sa
mère s'il ne serait pas possible au marchand de le monter.

— Non, en vérité, lui dit madame de Cideville ; il ne l'a pas mis là pour amuser les pas-
sants ; il croirait que je veux le lui acheter.

— Cela serait sûrement bien cher à acheter ?
dit Ernestine.

— Un louis, répondit le marchand, qui l'avait
entendue.

— Oh ! maman, dit à demi-voix Ernestine,
que cela est bon marché !

Car elle avait imaginé qu'une chose si belle

et si ingénieuse devait coûter des sommes énormes.

—Qu'on serait heureux, continua-t-elle, d'avoir cela pour un louis !

—Il y a, dit la mère, beaucoup de meilleures manières de l'employer ; et elle reprit sa route, au grand chagrin d'Ernestine, qui se demandait, en la suivant, comment il se faisait que ses parents, qui étaient si riches, ne crussent pas pouvoir mettre un louis à une chose aussi agréable qu'un tableau mouvant où l'on voyait un chien qui tournait la broche. Car Ernestine, comme tous les enfants, et sur ce point elle l'était beaucoup pour son âge, croyait ses parents beaucoup plus riches qu'ils ne l'étaient réellement, et ne savait pas d'ailleurs qu'il n'y a pas de fortune, quelque considérable qu'elle soit, qui autorise une dépense inutile. En rentrant, elle parla à son père du tableau mouvant.

—Imaginez, dit-elle, mon papa, qu'on l'aurait eu pour un louis. Oh! j'aurais été bien heureuse d'avoir un louis à moi!

—Tu ne l'aurais sûrement pas employé à cela, lui dit son père.

— Oh! mon papa, à quoi donc l'aurais-je pu employer de plus agréable?

— Sûrement, reprit monsieur de Cideville, il était bien impossible de rien trouver de plus agréable; mais on aurait pu trouver des choses plus utiles.

— Pour un louis, mon papa! qu'est-ce qu'on a de très-utile pour un louis? En disant ces mots, Ernestine faisait sauter dans ses mains la bourse de sa mère, qu'elle avait posée, en rentrant, sur la table. Un louis d'or en tomba.

— Voyez, dit Ernestine en le ramassant, à quoi peut servir de si important cette petite machine jaune?

— A quoi? reprit son père; si je te disais toutes les choses importantes à quoi il peut servir, toute la peine qu'on a quelquefois à le gagner, tout le danger qu'il y a à le mal dépenser, tout le bien qu'il peut faire à ceux qui en ont besoin, tout le mal qu'il peut leur faire commettre pour l'avoir, tu serais étonnée qu'on pût seulement être tenté de le dépenser en choses inutiles. Veux-tu que je te conte l'histoire de celui-là, tout ce qui lui est arrivé d'aventures, à combien de choses il a servi?

— Oh! oui, mon papa; mais comment avez-vous pu le savoir?

— Je te le dirai après. Maintenant regarde-le seulement : il n'est pas bien ancien, il est de la fabrication qui a eu lieu en 1787; il a donc à peine vingt-cinq ans. Ecoute tout ce qui lui est arrivé.

Ernestine approcha une chaise de son père pour le mieux écouter, et monsieur de Cideville commença ainsi :

— Je ne te dirai pas tout ce qu'il a fallu de peine et de temps pour tirer de la terre le peu d'or qui compose ce louis, pour le séparer ensuite des autres matières qui s'y trouvent presque toujours mêlées, pour le fondre, pour le frapper, etc. Ce fut en 1787 qu'il entra pour la première fois dans le trésor royal, et qu'il en sortit ensuite pour payer un régiment à qui, je ne sais par quel hasard, on devait plusieurs mois de solde. Comme on donnait aux soldats cinq sous par jour, ce louis servit à acquitter la paie de plus de trois mois d'un pauvre soldat qui, pendant ce temps, aurait pu, s'il y avait eu guerre, assister à dix batailles, être tué ou au moins blessé, mourir de faim dans une ville assiégée, ou périr sur mer, ou être mangé par les sauvages, si on l'eût envoyé faire la guerre en Amérique. Comme c'était en temps de paix, celui-ci n'avait attrapé qu'une fluxion de poitrine, pour avoir monté la garde par une des nuits les plus froides de l'hiver, et ensuite la gale, en couchant à l'hôpital dans le même lit qu'un camarade qui l'avait.

Enfin il était guéri ; et comme c'était un soldat rangé, laborieux, et à qui son métier de perruquier au régiment avait procuré quelques petites économies, il put, malgré tout cela, envoyer ce louis à son père, paysan très-pauvre, et au moment d'être mis en prison pour un louis qu'il ne pouvait pas payer. Le créancier était là qui le menaçait et qui disait qu'il allait faire venir l'huissier. Le second fils du paysan, frère du soldat, furieux de voir menacer son père, avait pris une hache avec laquelle il voulait tuer le créancier, malgré sa mère, qui jetait des cris perçants, qui s'était précipitée sur lui pour l'en empêcher, et que, sans s'en apercevoir, il avait renversée par terre, tant il était en colère. La personne qui apportait le louis de la part du soldat arriva au milieu de ce tumulte.

Elle eut d'abord beaucoup de peine à se faire écouter ; mais quand on eut commencé à l'entendre, on se calma. Le père paya son créancier, le fils fut bien aise de ne l'avoir pas tué, et ainsi ce louis d'or sauva la vie à un homme, probablement à deux, car le fils aurait été puni de son crime ; peut-être à toute une famille, car le père et la mère, qui n'avaient que ce fils pour les aider à travailler, seraient vraisemblablement morts de misère et de douleur.

Le créancier qui avait exigé ce louis avec tant de dureté était un homme du même village, qui en avait absolument besoin, parce que sa récolte ayant manqué, il n'avait pas les provisions d'hiver qu'il lui fallait pour sa famille. Si le louis du soldat n'était pas arrivé, le créancier aurait eu beau faire mettre le père en prison, il n'en aurait rien tiré, puisqu'il n'avait rien ; mais avec ce louis il acheta vingt ou vingt-cinq boisseaux de pommes de terre, qui étaient alors fort bon marché, et qui servirent à sa nourriture et à celle de ses enfants.

Mais la femme qui lui avait vendu ces pommes de terre, et qui était d'un autre village, ayant eu l'imprudence de traverser, à la brune,

un bois par lequel il fallait passer pour y retourner, trois mauvais sujets de l'endroit où
elle avait vendu ses pommes de terre, et qui lui
avaient vu recevoir le louis, complotèrent de
l'aller attendre dans le bois pour le lui voler.
En effet, lorsqu'elle se fut enfoncée dans le
bois, ils se jetèrent sur elle, la renversèrent
de son cheval, lui prirent son louis, allaient
lui arracher ses vêtements, et peut-être la
tuer, quand ils crurent entendre du bruit, et
se sauvèrent par différents côtés.

Celui qui avait le louis tâcha de se sauver le
plus loin qu'il put de ses camarades, pour ne
pas le partager avec eux ; mais ils le rencon-
trèrent le soir même dans un cabaret où il
achevait de le boire ; ils voulurent avoir leur
part ; ils se battirent, et dirent tous leurs se-
crets ; ils furent arrêtés et envoyés aux galères.
Le cabaretier intervint au procès ; il voulait
avoir le louis qui avait été dépensé chez lui, la
femme aux pommes de terre, qui s'était relevée
et était remontée sur son cheval, voulait ravoir
son louis, qui lui avait été volé. Je ne sais s'ils
furent dédommagés ; mais le louis, après avoir
servi de preuve de conviction, parce qu'il était

unique dans le pays, où l'on n'en avait pas encore vu de cette fabrication, passa entre les
mains d'un vieil avocat qui se brouilla avec
une vieille dame dont il était l'ami depuis trente
ans, parce qu'elle le lui avait gagné en six mois
au piquet, et lui avait dit encore que c'était
parce qu'il ne savait pas jouer. La vieille dame
l'envoya pour étrennes à une de ses petites-
filles qu'elle avait à Paris, et qu'il sauva d'un
très-grand chagrin : son frère, qu'on traitait
fort sévèrement, et qui n'en était pas moins
très-désobéissant et d'une assez mauvaise
conduite, avait pris dans la bibliothèque de son
père, malgré les défenses qui lui avaient été
faites de toucher à cette bibliothèque, un livre
où il y avait des estampes ; en le lisant, il avait
laissé tomber un encrier dessus ; et pour qu'on
ne se doutât pas que c'était lui, il avait porté
le livre dans l'antichambre : il avait conté cela
à sa sœur dans le plus grand secret, en lui faisant jurer de n'en rien dire, en sorte qu'on devait croire que c'était le domestique. Comme le
père tenait beaucoup à ses livres, la jeune personne savait bien qu'il renverrait son domestique ; cependant elle ne pouvait dénoncer son

frère. Le livre avait été mis le soir dans l'antichambre ; elle pleura toute la nuit de l'idée de
ce qui allait arriver le lendemain, car elle était
extrêmement bonne et juste. Le lendemain, à
son réveil, la première chose qu'elle trouva fut
le louis qu'on lui avait mis sur son lit, de la
part de sa grand'mère ; elle eut une grande
joie, elle envoya acheter le livre ; car son frère,
qui avait reçu un louis comme elle, mais qui
se voyait à l'abri, ne voulut pas le dépenser à
cela : elle se consola d'avoir dépensé le sien,
par l'idée de la peine affreuse qu'elle aurait
éprouvée à voir punir un innocent sans oser le
justifier. Le livre coûtait juste un louis ; ce
louis, qui était passé entre les mains d'un libraire, eut une grande influence sur la destinée
d'un petit garçon dont je vais te raconter l'histoire.

PETIT-PIERRE.

Petit-Pierre était entré à dix ans au service
de monsieur Dubourg, excellent homme qui
passait sa vie à lire des livres grecs et latins, et
qui était tellement occupé de ce qui se passait
il y a trois mille ans, qu'il ne songeait jamais à

se fâcher de ce qui se passait autour de lui ;
car il était consolé de tout, pourvu qu'il pût appliquer à l'accident qui lui arrivait un exemple
ou une maxime de l'antiquité. S'il s'écorchait le
doigt ou se cognait le pied, son premier mouvement était une exclamation d'impatience ;
mais il s'interrompait et se calmait en disant :
Le philosophe Epictète se laissa casser la jambe
par son maître qui le frappait, sans lui dire autre chose que ces paroles : *Je vous avais bien dit
que vous me casseriez la jambe.* Un jour que, dînant en ville, il se trouvait à table avec des
militaires mal élevés qui ne savaient parler que
des histoires de leur régiment et du nombre de
bouteilles de vin qu'ils avaient bu dans un dîner de corps, la maîtresse de la maison, pour
lui faire une sorte d'excuse sur une conversation qui l'ennuyait, lui dit en riant :

— Convenez, monsieur Dubourg, que je vous
fais dîner en bien mauvaise compagnie.

— Madame, répondit monsieur Dubourg, Al-
cibiade savait s'accommoder à tous les tons, à
toutes les compagnies, et même aux mœurs de
tous les peuples ; et pour faire comme Alcibia-
de, il se mit à leur parler de la bataille de Sa-

lamine et des fêtes de Bacchus. Au reste, monsieur Dubourg ne dînait en ville que six fois
par an ; c'était une règle qu'il s'était faite, quel
que fût le nombre d'invitations qui pût lui arriver. La seule irrégularité qu'il se permît était à
l'égard des époques : ainsi il pouvait bien, une
année, dîner en ville le 6 mars, et l'année suivante le 7 ou le 10 ; il pouvait même lui arriver
d'accepter deux dîners dans le même mois, quoiqu'en général il les plaçât le plus qu'il pouvait
à des distances égales ; mais si, par un hasard
extraordinaire, les six dîners s'étaient trouvés
dépensés au mois de juillet, rien au monde,
pendant le reste de l'année, ne l'aurait fait consentir à dîner une fois hors de chez lui. Sa dépense était réglée comme sa vie ; avec un très-
petit revenu, monsieur Dubourg voulait vivre
sans avoir besoin de personne, et surtout sans
être jamais exposé à emprunter, ce que monsieur Dubourg regardait comme la plus grande
de toutes les fautes : car, disait-il, on ne peut
jamais être assez sûr de rendre. Ainsi il prenait
son dîner chez le restaurateur, qui, pour le
même prix, lui apportait tous les jours la même
chose. Le restaurateur avait voulu une fois

augmenter son prix. Cela m'est égal, dit monsieur Dubourg, je dînerai moins : Diogène sut bien, par pure philosophie, se réduire à boire dans sa main, quand il avait encore une tasse de bois dont il pouvait faire usage. Ce fut probablement moins par respect pour la philosophie que pour ne pas désobliger une pratique, que, moyennant quelques arrangements, le restaurateur consentit à lui donner pour le même prix un dîner à peu près pareil.

Le reste des dépenses de sa journée était calculé avec la même exactitude ; en sorte que, sans jamais compter, monsieur Dubourg avait toujours devant lui une année de son revenu, il n'était pas embarrassé d'attendre les rentrées. Il avait ensuite une somme réservée pour les cas extraordinaires, comme une maladie, un accident, ou bien un gobelet cassé, une bouteille d'encre renversée, etc. Il pouvait arriver aussi à monsieur Dubourg, un jour de pluie, d'être obligé de payer pour passer un ruisseau sur une planche, ou en hiver de donner un sou au petit balayeur qui avait nettoyé le passage ; cela se prenait sur les fonds extraordinaires : car, pour des fiacres, monsieur

Dubourg n'en avait pris que deux depuis trente ans ; l'un pour aller chez un homme riche de la part duquel il avait accepté une invitation à dîner, et chez qui on lui dit qu'il ne pouvait arriver crotté ; cela rompit la connaissance, et il n'y retourna plus, quelque instance qu'on pût lui faire. Il prit l'autre, parce qu'il craignait que le vent n'enlevât la poudre de ses cheveux, et il devait aller chez une personne qu'on lui proposait d'épouser. Cela lui donna occasion de réfléchir, chemin faisant, sur les désordres où entraînent les passions ; en arrivant à la porte de la demoiselle, il paya le fiacre, retourna à pied chez lui, et renonça pour jamais au mariage. Ses fonds extraordinaires étaient entretenus dans le même état, au moyen d'une portion de revenu destinée tous les ans à cet usage. Lorsqu'elle n'était pas dépensée toute entière à la fin de l'année, monsieur Dubourg donnait le reste aux pauvres ; mais dans tout le cours de l'année il ne donnait ni ne prêtait, car il disait qu'il n'est permis de donner que quand on est sûr de n'être pas ensuite obligé de demander, et que celui qui, pour prêter, s'expose à emprunter, met sa probité à la merci d'un mauvais payeur. On voit qu'avec quelques manies, monsieur Dubourg était un homme très-respectable par son honnêteté.

Petit-Pierre passait auprès de lui la vie la plus heureuse. Pourvu qu'il eût soin de ne point ranger les livres épars ou entassés sur le bureau et le plancher, ce que monsieur Dubourg appelait les déranger; pourvu qu'il fît attention à ne balayer la chambre qu'une fois tous les quinze jours, quand monsieur Dubourg en avait emporté certaines belles éditions sur lesquelles il ne voulait pas qu'on fît voler la poussière; pourvu qu'il prît garde de ne jamais ôter les toiles d'araignée, pour ne pas risquer de renverser les bustes d'Homère, de Platon, d'Aristote, de Cicéron, de Virgile, etc., qui garnissaient le haut de la bibliothèque, Petit-Pierre pouvait faire à peu près ce qui lui plaisait. A l'heure où le restaurateur apportait tous les jours le dîner de monsieur Dubourg, Petit-Pierre se trouvait-il sorti, en sorte que le restaurateur, à qui monsieur Dubourg avait défendu de jamais sonner, parce que cela le dérangeait de ses études, laissait le dîner à la porte; si alors monsieur Dubourg trouvait que

son dîner était tout froid, ou bien que le chat
en avait emporté une partie, Petit-Pierre s'ex-
cusait simplement sur ce qu'il avait eu une affaire qui l'avait retenu. Et monsieur Dubourg
lui disait :

— Il est tout naturel, Petit-Pierre, que tu t'oc-
cupes principalement de tes affaires, car tu
n'es pas mon esclave, je ne t'ai pas acheté de
mes deniers ; mais si tu étais mon esclave,
cela serait fort différent. Alors il lui expliquait
en dînant les devoirs et la condition des escla-
ves, lui disait comme quoi leurs maîtres avaient
sur eux le droit de vie et de mort, ce qui était
bien juste, puisqu'ils les avaient achetés ;
mais quant à moi, Petit-Pierre, ajouta-t-il,
il ne m'est pas permis de te faire le moindre
mal, car tu n'es pas mon esclave.

Et en effet, il ne lui aurait pas même donné
une férule quand il apprenait mal son rudiment ; c'était pourtant le plus grand chagrin
que Petit-Pierre pût causer à monsieur Dubourg, qui entrait quelquefois à ce sujet dans
de violentes impatiences tout-à-fait contraires
à son caractère, ne concevant pas qu'on pût
éprouver quelque dégoût pour une aussi belle

chose que la grammaire latine. Ce dégoût était pourtant bien sincère de la part de Petit-Pierre ; il n'avait aucun penchant pour l'étude. Il avait appris à lire et à écrire bien malgré lui, mais enfin il l'avait appris. Quand monsieur Dubourg, qui n'aimait pas qu'on vécût avec lui sans savoir le latin, lui avait mis un rudiment entre les mains, ses parents avaient été enchantés de ce qu'il voulait faire, disaient-ils, de Petit-Pierre un savant comme lui ; mais Petit-Pierre n'avait pas la moindre envie d'être comme monsieur Dubourg, qui demeurait toute la journée attaché sur des livres ; qui dînait souvent à moitié, dans la crainte de laisser échapper un passage grec dont il avait commencé à saisir le sens ; qui buvait de l'eau à peine rougie, parce que le vin troublait la raison, et qu'il avait, disait-il, fait commettre plusieurs crimes à Alexandre-le-Grand ; et qui enfin, pour tout plaisir, se promenait chaque jour deux heures aux Tuileries avec trois savants qui s'y rendaient de leur côté pour converser à la manière des péripatéticiens.

Petit-Pierre s'imaginant que le latin ne conduisait pas à autre chose, n'y trouvait rien de

fort séduisant, n'apprenait tant bien que mal
son rudiment que pour faire plaisir à monsieur
Dubourg, qui pleurait de joie quand il avait
bien su sa leçon. Il lisait cependant avec assez
de plaisir des livres d'histoire que lui prêtait
monsieur Dubourg, et passait le reste de son
temps chez ses parents, à qui monsieur Dubourg avait promis de le renvoyer tous les
jours pendant plusieurs heures, et auxquels
Petit-Pierre remettait aussi, suivant les con-
ventions, une très-grande partie des cent
francs qu'il recevait tous les ans pour ses gages ; car ses parents disaient qu'ayant consenti
à le placer chez monsieur Dubourg à l'âge où
son travail aurait pu leur être utile dans leur
métier de chaudronnier, ils devaient être dé-
dédommagés d'une autre manière des dépenses
qu'il leur avait coûté dans son enfance.

Petit-Pierre, mieux nourri, mieux vêtu que
chez ses parents, aurait dû se trouver fort
bien ; mais il s'ennuyait de ne pas pouvoir courir comme les autres petits garçons de son
âge, et de ne pas avoir la libre disposition de
son argent ; enfin il regrettait toutes les sottises
qu'il ne pouvait pas faire, et puis le rudiment

l'ennuyait beaucoup. D'ailleurs, Petit-Pierre
prétendait qu'il avait de l'ambition, qu'il voulait faire fortune, et que cela était impossible
tant qu'il resterait chez monsieur Dubourg.
Il contait ses chagrins à un petit jockey avec
lequel il avait fait connaissance pour l'avoir
rencontré sur la porte d'une maison qui se
trouvait entre le logement de monsieur Dubourg et la boutique de ses parents. Un jour,
celui-ci, qui s'appelait *John*, lui dit que s'il
voulait, il lui procurerait une bien bonne place
chez un jeune homme ami de son maître et qui
cherchait un jockey ; ce jockey devait être
nourri à l'office avec les autres domestiques de
la maison, attendu que ce jeune homme habitait chez ses parents. Il devait avoir cent
francs de gages, comme chez monsieur Dubourg, et, de plus, un louis d'or pour ses étrennes, sans compter les profits, qui, à entendre
John, devaient monter à plus du triple de ses
gages. Petit-Pierre se sentit violemment tenté
par ce louis d'or qu'il espérait bien garder pour
lui, par l'habit de jockey qu'il trouvait bien
plus joli que sa veste grise, sans songer que de
sa veste grise on peut passer à un meilleur ha-

bit sans que personne le remarque, au lieu que la livrée est un costume qu'on n'oublie pas quand on vous l'a vu une fois. John lui avait appris à panser un cheval, ce qui l'amusait beaucoup plus que le rudiment; il trouvait charmant d'imaginer qu'il en pourrait panser un tous les jours, et puis il lui semblait qu'il ferait bien plus sa volonté. Il dit cependant à John que cela était impossible, qu'il ne pouvait pas quitter monsieur Dubourg; mais en s'en allant il ne songea pas à autre chose. Ses parents le virent si préoccupé, qu'ils lui demandèrent dix fois : « Petit-Pierre, es-tu malade? » Il leur répondit que non, et s'en retourna beaucoup plus tôt qu'à l'ordinaire pour aller trouver John, non pas qu'il sût ce qu'il voulait lui dire, mais pour lui entendre reparler de la place, du louis d'or, des profits et du cheval.

L'envie qu'il en avait augmentait à chaque instant ; John lui disait que rien n'était si facile, qu'il n'avait qu'à le laisser parler à monsieur et à madame Jérôme (c'était le nom des parents de Petit-Pierre), qu'il leur ferait bien entendre raison. Petit-Pierre le prit au mot et lui dit de venir avec lui : John y vint ; et comme c'était un petit garçon très-déterminé, il étala à monsieur et à madame Jérôme tous les avantages de la place qu'il proposait, à l'exception du louis d'or, dont Petit-Pierre l'avait prié de ne pas parler, parce qu'il comptait le garder pour lui. « Mais voyez, madame Jérôme, disait John, le maître qu'il aura quitte ses habits presque neufs, et je parie que tous les ans Petit-Pierre pourra en apporter un à monsieur Jérôme, bien entendu que vous lui laisserez un peu plus de ses gages.

— Nous verrons, nous verrons, disait madame Jérôme, qui commençait à être extrêmement séduite par l'idée que son mari aurait un bel habit pour s'aller promener avec elle les dimanches. Monsieur Jérôme prétendait que Petit-Pierre ne pouvait pas quitter monsieur Dubourg, qui se donnait tant de peine pour son éducation.

— Bon ! répondait madame Jérôme, Petit-Pierre sera bien avancé quand il saura ce que sait monsieur Dubourg ! Ils disent dans le quartier que ce n'est pas là ce qui donne du pain. Et comme madame Jérôme faisait toujours faire à son mari ce qu'elle voulait, il fut convenu que Petit-Pierre accepterait la place. John alla la demander pour lui à son maître; celui-ci en parla à son ami, qui envoya chercher Petit-Pierre; et comme il était sans domestique, il fut convenu que si Petit-Pierre lui apportait un certificat de monsieur Dubourg, il entrerait le lendemain à son service.

Petit-Pierre retourna chez monsieur Dubourg, dont le dîner attendait depuis un quart d'heure à la porte. Il était si troublé, qu'en mettant le couvert il plaça la chaise de monsieur Dubourg du côté de la fenêtre, au lieu de la mettre du côté de la porte, ce qui ne s'était pas fait depuis vingt-cinq ans, et qu'il oublia, en lui donnant à boire, que monsieur Dubourg avait pour principe inviolable de mettre le vin avant l'eau. Celui-ci le regarda d'un air stupéfait en lui disant :

— Petit-Pierre, tu es malade? Il répondit encore que non, et continua son service ; mais il était embarrassé, d'autant que monsieur Dubourg lui parla avec plus de bonté qu'à l'ordinaire; il l'appela *mon fils*, ce qui était son terme d'affection pour les gens qu'il aimait; il lui dit:

— Tu vas avoir treize ans, c'est presque
l'âge où les Romains prenaient la robe prétex-
te; je crois même que je trouverai des exemples d'occasions où l'on a anticipé, quoique ce
puisse être, à la vérité, dans des temps de cor-
ruption. Mais n'importe, je crois que je puis,
en conscience, te faire quitter ta veste grise :
depuis que tu es avec moi, je me suis imposé
de ne plus essuyer la couverture de mes livres
avec ma manche, comme j'avais l'habitude de
le faire, et je n'y ai manqué qu'une seule fois
par distraction : aussi, quoique cet habit ait
bientôt fait son temps, car j'en achète un tous
les trois ans, il est assez propre pour que je
puisse le faire arranger pour toi. Et monsieur
Dubourg ajouta en lui frappant sur la tête d'un
air de gaieté :

— Tu auras l'air d'un petit gentilhomme.

Petit-Pierre se sentit extrêmement troublé :
cette bonté et puis cet habit qui devait lui donner l'air d'un monsieur avaient bouleversé toutes ses idées. Il sortit de la chambre le plus
tôt qu'il put, et n'y rentra pas de la soirée. Le
lendemain matin, quand madame Jérôme vint
annoncer à monsieur Dubourg que son fils

allait le quitter et lui demander un certificat, quelque étonné qu'il fût, il ne dit que ces mots :

— Petit-Pierre n'est pas mon esclave, je n'ai pas le droit de le retenir contre sa volonté. Il promit le certificat ; et quand madame Jérôme fut partie, il appela Petit-Pierre, qui n'osait se montrer.

— Petit-Pierre, lui dit-il, si tu étais mon esclave, tu mériterais d'être battu de verges, ou pis encore, pour avoir voulu quitter ton maître ; mais tu n'es pas mon esclave, ainsi tu peux t'en aller.

Il dit ces mots d'un ton si pénétré, que Petit-Pierre, déjà fort ému, se mit à pleurer.

— Pourquoi veux-tu me quitter, mon fils, reprit monsieur Dubourg ? tu perdras tout ce que tu sais avec un autre maître.

— Oh ! Monsieur, dit Petit-Pierre en secouant la tête, ce n'est pas mon fait que de devenir savant.

—Tu te trompes, Petit-Pierre, tu te trompes, mon enfant : si tu pouvais seulement te tirer de la règle du *que retranché*, tu aurais de très-heureuses dispositions. Et là-dessus il se mit à lui citer avec chaleur plusieurs grands hommes qui avaient paru d'abord manquer de dispositions et qui avaient ensuite étonné le monde par l'étendue de leur science.

— Tu peux devenir ce qu'ils ont été, Petit-Pierre, s'écriait monsieur Dubourg, et tu y renonces ! Il était si sûr de son fait et parlait avec un tel enthousiasme, que Petit-Pierre, entraîné, crut se voir au moment de perdre sa fortune.

— Eh bien ! s'écria-t-il, que Monsieur consente à me donner seulement un louis de plus par an, et je reste avec lui toute ma vie.

A ces mots, la chaleur de monsieur Dubourg se changea en consternation.

— S'il faut cela, dit-il à Petit-Pierre, cela ne se peut pas, tu sais bien toi-même que cela ne se peut pas. Et Petit-Pierre demeura aussi muet et consterné. Il savait que son maître avait refusé, avant de le prendre, un petit garçon qui lui demandait cinq louis de gages, parce que cela aurait apporté vingt francs de désordre dans les dépenses de l'année. Il se retira confus. Monsieur Dubourg, sans lui dire un mot de plus, lui donna un certificat favorable, où seulement il se crut obligé, par délicatesse de conscience, de mettre que Petit-Pierre avait toujours montré peu de bonne volonté pour apprendre le rudiment.

Petit-Pierre fut bientôt consolé de son chagrin; il se trouva si joli en habit de jockey, surtout lorsque John lui eut un peu appris les bonnes manières, qu'il en était aussi fier que s'il y avait eu quelque mérite ou quelque honneur à le porter; et quand il conduisait par hasard, dans les rues, le cabriolet de son maître, il ne se serait pas cédé pour un de ces triomphateurs dont monsieur Dubourg lui avait fait lire l'histoire. Un jour qu'il était derrière ce cabriolet, il vit monsieur Dubourg prêt à être choqué par le cheval. Il cria *gare!* *gare!* d'un ton plus vif et cependant moins impérieux qu'à l'ordinaire. Monsieur Dubourg le reconnut à la voix et leva les yeux. Petit-Pierre ne sut pas trop s'il devait être bien aise ou honteux que monsieur Dubourg le vît ainsi dans sa gloire. Monsieur Dubourg poussa un profond soupir en disant : Se peut-il qu'un homme qui commençait à savoir le rudiment monte derrière un cabriolet! et il reprit tout pensif le chemin de chez lui.

Quant à Petit-Pierre, il n'y pensa pas longtemps, il ne songeait plus qu'à se divertir. John
lui en avait appris, à ce qu'il prétendait, les
bons moyens ; il le menait au cabaret et dans
des endroits où l'on jouait aux cartes ou au
billard. Il y perdit son argent. Quand son maître lui paya le premier quartier de ses gages,
il le devait tout entier : il fut trois jours sans
oser aller chez ses parents, qu'il savait bien dis-
posés à en demander leur part. Enfin, John lui
conseilla de leur dire qu'on ne le payait que
tous les six mois, l'assurant que dans cet intervalle il regagnerait ce qu'il avait perdu. Au
contraire, il perdit et ne fit que s'endetter davantage. Quand le terme des six mois arriva,
il dit qu'il s'était trompé, et que son maître ne
payait que tous les ans. Ses parents commençaient à ne pas le croire ; d'ailleurs, l'habit que
John avait promis à monsieur Jérôme n'arrivait pas. Si Petit-Pierre avait eu des profits, il
les avait vendus pour faire de l'argent. Malgré
cela les dettes augmentaient tous les jours : il
n'osait plus passer dans la rue qu'habitait un
cabaretier chez qui il avait bu sans payer ; dans
la rue voisine, un petit quincaillier à échoppe,

chez qui il avait pris à crédit une chaîne de
faux or pour faire semblant d'avoir une montre,
l'apostrophait chaque fois qu'il passait ; il ren-
contrait à chaque intant des camarades à qui
il devait encore ce qu'il avait perdu avec eux.
D'un autre côté, ses parents, très-mécontents,
le menaçaient d'aller demander à son maître
s'il leur disait la vérité. Petit-Pierre ne savait
où donner de la tête.

Un matin, la mère de son maître, qui était
une personne presque aussi exacte que monsieur Dubourg, lui donna dix-huit francs à
porter chez un marchand à qui elle n'avait pu
payer un reste de compte pour des choses
qu'elle avait prises la veille chez lui. Petit-
Pierre sortit, marchant avec précaution, et regardant de côté et d'autre, comme il avait
coutume de le faire depuis qu'il craignait toujours de rencontrer les gens à qui il devait de
l'argent : il était absolument obligé de passer
par la rue du petit quincaillier ; il examine de
loin, le voit occupé à causer avec un autre
homme, et espère passer sans être aperçu ;
mais au moment où il approche, l'autre homme se retourne, c'était le cabaretier, qui l'ap-

pelle, lui demande son argent en l'apostro-
phant par des noms peu honorables. Le quincaillier s'y joint ; tous deux se mettent en travers de la rue pour l'empêcher de passer, disant qu'il faut qu'il les paye. Petit-Pierre se
glisse entre la muraille et une voiture arrêtée
en cet endroit ; il passe en courant de toutes
ses forces, il les entend qui crient qu'il fait bon
avoir de bonnes jambes quand on n'a pas une
bonne conscience, mais qu'il a beau courir,
qu'ils le rattraperont bien.

Comme il se sauvait toujours, il va donner,
en tournant la rue, contre un homme qui venait devant lui. C'était un grand jockey de sa
connaissance, à qui il devait de l'argent qu'il
avait perdu contre lui aux cartes. Il était à
moitié gris ; il prend Petit-Pierre par le collet,
en disant qu'il faut qu'il lui rende son argent,
que le cabaretier lui en demande, qu'il va lui
mener Petit-Pierre pour l'étriller, jusqu'à ce
qu'il ait payé. En même temps il commençait à
l'entraîner et à le battre. Petit-Pierre se défen-
dait de toutes ses forces ; on s'attroupait autour d'eux, et on les laissait faire. Enfin Petit-
Pierre entend une voix qui crie : « Coquin !

veux-tu bien ne pas battre cet enfant!» Il reconnaît la voix de monsieur Dubourg, et le voit qui, la canne levée, arrive à son secours. La crainte d'en être reconnu lui donne plus de force encore que la crainte des coups ; il se débarrasse des mains du jockey, à qui cette apostrophe avait fait tourner aussi la tête, et que monsieur Dubourg, toujours la canne levée, empêche de courir après lui.

Petit-Pierre, qui avait repris sa course encore plus fort que la première fois, arrive enfin dans une rue où il ne voit plus personne qui puisse le reconnaître. Il s'assied tout en tremblant sur un banc ; il ne sait plus que devenir. Il a entendu le jockey lui crier aussi qu'il le retrouverait, et ne doute pas qu'il ne l'attende au passage. En levant les yeux, il aperçoit qu'il est devant un cabaret où ses camarades l'ont mené jouer aux cartes, et où il en a vu un gagner une fois cent francs. Le cœur de Petit-Pierre bat bien fort à l'idée d'en gagner autant. Une détestable pensée se glisse dans son esprit : peut-être, en hasardant trente sous seulement, des dix-huit francs qu'il est chargé de porter à la marchande, il pourra regagner tout ce qu'il doit ; mais s'il les perd !... Cette idée lui fait peur ; il s'éloigne, puis il revient ; la tentation augmente à chaque instant. Enfin, il prend une pierre, et se dit : « Si en la jetant contre le mur j'attrape cette tache que je vois là, ce sera une preuve que je gagnerai. » Il se met bien près du mur pour ne pas manquer, jette la pierre, attrape la tache, et entre.

Il était si troublé qu'il savait à peine ce qu'il faisait. De sa vie Petit-Pierre n'avait commis une si mauvaise action : il ne l'aurait pas commise, sans doute, s'il eût été tout-à-fait dans son bon sens ; mais le résultat des fautes est de nous mettre dans des situations qui troublent la raison et ne lui laissent plus la force nécessaire pour diriger notre conduite. Si on eût dit en ce moment à Petit-Pierre qu'il faisait l'action d'un voleur, il aurait frémi des pieds à la tête ; cela était pourtant vrai, et il n'y pensait pas. Il ne hasarde d'abord que trente sous, et gagne ; il gagne encore, et se croit déjà riche. S'il s'en était tenu là, il avait sinon de quoi sortir d'embarras, du moins de quoi apaiser un peu un ou deux de ses créanciers ; mais il aurait été ainsi récompensé de sa mau-

vaise action; et par une loi de la Providence,
les mauvais sujets ne savent jamais s'arrêter
au point où leur faute serait sans danger pour
eux. Celui qui, en se conduisant mal, se fie sur
sa prudence pour ne pas se compromettre, se
trompe toujours; l'avidité du gain ou des plaisirs finit par l'entraîner à ce qui doit amener la
punition. Petit-Pierre voulut gagner davantage,
et perdit non-seulement ce qu'il avait gagné,
mais son enjeu. Les espérances qu'il avait
eues d'abord ne le rendirent que plus ardent au
jeu; d'ailleurs, comment remplacer les trente
sous? Il en hasarde trente autres, les perd,
puis d'autres ensuite; enfin les dix-huit francs
y passent. Alors il sort au désespoir; il erre
dans les rues, sans penser, sans savoir où il est
ce qu'il fait, et encore moins ce qu'il va faire.
Il entend sonner quatre heures; il pense qu'à
cinq il faudra aller servir à table; que la mère
de son maître lui demandera s'il a remis les
dix-huit francs; et quoique Petit-Pierre ait
pris depuis quelque temps l'habitude de men-
tir, sa conscience le presse tellement, qu'il
sent qu'il ne pourra répondre. Cependant, comme un homme qui se jetterait dans la rivière

sans savoir s'il en sortira, il a pris machinalement le chemin de la maison ; mais au moment où il approche, il croit en voir sortir la fille de boutique du marchand à qui il avait été chargé de reporter les dix-huit francs ; il ne doute pas qu'elle n'ait été les demander : il sent qu'il lui est impossible de rentrer chez son maître ; il se sauve, recommence à courir sans savoir où il va. C'était en hiver ; la nuit arrive ; il s'arrête enfin et s'assied sur un banc. Il songe qu'il est sans asile : rien au monde ne pourrait l'engager à rentrer chez ses parents ; il lui serait impossible de s'exposer aux regards de l'honnête monsieur Dubourg. Le froid augmente avec la nuit, il commence à geler assez fort. Petit-Pierre n'a pas mangé depuis le matin : et quoiqu'il ait le cœur bien serré, la faim commence à se faire sentir. Petit-Pierre ne sait que pleurer, ne peut que pleurer, car quelle ressource lui reste-t-il dans le monde? Quelquefois la faim, le froid, la souffrance, le désespoir le pressent tellement, qu'il se lève, et court sans savoir où il ira, mais décidé seulement à aller quelque part où il souffre moins ; et puis il s'arrête, car il sent qu'il ne peut

avoir le courage d'entrer nulle part, de soutenir les questions, les regards de personne; il
revient lentement s'asseoir sur le banc, où il
pleure encore; et un vent froid qui souffle sur
sa figure, gonfle et gerce les traces de ses larmes.

Enfin, accablé de fatigue et d'épuisement, il
s'endort ou plutôt s'engourdit; c'est un demi-
sommeil qui lui laisse sentir encore le froid, la
faim, la douleur, quoiqu'il ne lui en reste pas
d'idée distincte. Au milieu de la nuit, il se sent
réveillé par quelqu'un qui le secoue fortement;
il ouvre les yeux, et voit autour de lui plusieurs hommes armés. C'est le guet, qui, voyant
un enfant endormi dans la rue, veut savoir
pourquoi il est là, et à qui il appartient. Petit-
Pierre a d'abord de la peine à rassembler ses
idées, et quand il les a retrouvées, n'en sent
que mieux l'impossibilité de répondre. Il ne
peut se réclamer de personne; il pleure, il prie
qu'on le laisse là, où il ne fait de mal à personne. On ne l'écoute pas, on lui dit qu'il faut qu'il
aille au corps-de-garde. Un soldat le prend au
collet; et comme il résiste, un autre lui donne
un coup de crosse dans les jambes pour le faire

marcher. Petit-Pierre marche tout tremblant.
Il commençait à tomber une neige si épaisse,
qu'ils voyaient à peine leur chemin, d'autant
que le vent, qui était très-fort, éteignait tous
les réverbères, et leur soufflait la neige préci-
sément dans le visage : enfin, il vient un coup
de vent si violent, qu'il enlève le chapeau du
soldat qui tenait Petit-Pierre, celui-ci le quitte
pour courir après son chapeau. Quant à Petit-
Pierre, étourdi du vent, de la neige, de tout ce
qui lui arrive, il ne sait où il est, ce qu'il fait,
ce qu'il doit faire. Immobile à sa place, il entend les soldats se demander où il est, s'il ne
s'est pas sauvé. Ce mot le réveille ; il en entend
approcher un, il se recule doucement pour se
ranger le plus près du mur qu'il lui sera possible ; mais en reculant toujours, il ne sent pas
le mur, et il aperçoit bientôt qu'il est entré
dans une rue de traverse que l'épaisseur de la
neige l'avait empêché d'apercevoir. Il marche
alors plus vite. Bientôt il n'entend plus les soldats, il reprend un peu courage, et après plusieurs détours il s'arrête et se tapit au coin
d'une vieille échoppe.

Après y avoir demeuré quelque temps, il

s'endort de nouveau, et quand il se réveille, il commence à faire jour. Il tâche de se lever; mais le froid, la posture incommode où il s'est tenu, ont engourdi ses membres, il ne peut faire un pas, il ne peut même déplier ses jambes, et la secousse qu'il veut se donner pour tâcher de reprendre quelque mouvement le fait tomber la tête sur une borne, contre laquelle il se donne un coup si violent qu'il perd connaissance. Cependant son évanouissement n'est pas complet : il s'aperçoit confusément, au bout de quelque temps, qu'on parle, qu'on agit autour de lui; il lui semble même qu'on le soulève et qu'on le transporte; mais tout cela est pour lui si peu distinct, qu'il n'en reçoit aucun sentiment. Il n'a ni crainte de ce qui va lui arriver, ni désir d'être mieux, ni souvenir de ce qu'il a fait. Il se ranime pourtant par degrés, et la première chose qu'il éprouve est un grand serrement de cœur. Pauvre Petit-Pierre! c'est un serrement de cœur qui le reprendra à présent toutes les fois qu'il pensera à ce qu'il a a fait; sans se le rappeler encore, il sent seulement qu'il a commis une faute honteuse. Il sent aussi qu'il souffre de toutes les parties de son corps ; mais il s'aperçoit en même temps qu'il est dans un lit, dans une chambre ; enfin, il se reconnaît et voit qu'il est chez monsieur Dubourg, et que monsieur Dubourg est auprès de lui avec sa mère, madame Jérôme. Son premier mouvement, en les apercevant, est de cacher sa tête dans les draps en pleurant. Dès que sa mère voit qu'il est revenu à lui, elle lui demande ce qui lui est arrivé, pourquoi il s'est enfui de chez son maître ; elle lui dit que voyant qu'il n'était pas rentré de la journée, on l'a envoyé chercher le soir chez elle, que cela l'a inquiétée, qu'elle est sortie dès le matin pour aller à l'hôtel ; qu'apprenant qu'il n'y avait pas couché, elle a couru toute effrayée chez monsieur Dubourg ; que celui-ci a dit qu'il ne l'avait pas vu, et qu'en sortant de chez lui elle l'a trouvé au coin de la rue, étendu par terre sans connaissance, au milieu de plusieurs femmes du quartier, qui disaient : « Eh ! c'est Petit-Pierre ! que lui est-il donc arrivé ? Que dira la mère Jérôme ? Il aura été boire, il se sera enivré, et le froid l'aura saisi. » En même temps, la femme qui faisait le ménage de monsieur Dubourg était venue lui dire ce qui se passait ; il était sorti tout inquiet, en robe de chambre et en bonnet de nuit, ce qui ne lui était jamais arrivé de sa vie, et avait fait trans-porter Petit-Pierre chez lui.

Après avoir achevé ce récit entremêlé de réflexions, madame Jérôme renouvela ses questions ; mais Petit-Pierre pleurait sans répondre. Le médecin qu'on avait envoyé chercher arriva, il dit qu'il ne fallait pas le tourmenter, parce qu'il commençait à avoir la fièvre très-fort. En effet, une agitation terrible succéda bientôt à l'accablement d'où il sortait. Sa mauvaise action se représentait à lui sous les couleurs les plus affreuses, et le jetait dans des accès de désespoir dont on ne comprenait pas la cause. Enfin, dans un moment où madame Jérôme était allée chez elle prévenir son mari de ce qui arrivait, et de la nécessité où elle était de rester à soigner Petit-Pierre, il se lève sur son lit, et se mettant à genoux, les mains jointes, il appelle monsieur Dubourg, et lui dit :

— Monsieur Dubourg, j'ai commis un grand crime.

Monsieur Dubourg croit qu'il a le délire,

lui dit de se tenir tranquille et de se recoucher.

— Non, monsieur Dubourg, répète-t-il, j'ai commis un grand crime; puis avec l'activité et la volubilité que lui donne la fièvre, il raconte à monsieur Dubourg tout ce qui s'est passé, mais avec tant de détails, qu'il n'est pas possible de prendre son récit pour l'effet du délire, et que monsieur Dubourg, qui l'a fait recoucher, demeure devant lui pâle et consterné.

— Ah! Petit-Pierre, dit-il enfin avec un profond soupir, j'espérais tant pouvoir te garder avec moi!

Petit-Pierre, sans l'écouter, continue à dire tout haut ce que lui dictent les tourments de sa conscience; il prétend que la mère de son maître l'enverra prendre; et dans les moments où sa tête s'égare un peu davantage, il assure que le guet est à sa poursuite. Monsieur Dubourg, après avoir réfléchi quelque temps, va à son secrétaire, compte son argent, referme son secrétaire; et madame Jérôme revenant dans ce moment, il lui raconte ce qu'il venait d'apprendre, et lui dit:

— Madame Jérôme, Petit-Pierre, comme il le

dit lui-même, a commis un grand crime qui
m'empêche de le garder avec moi comme j'espérais pouvoir le faire, car je m'en étais ména-
gé les moyens; je n'ai pas eu l'esprit en repos
depuis le jour où je l'ai vu derrière un maudit
cabriolet : il m'avait demandé un louis de plus
par an pour demeurer avec moi, et j'avais songé
à me le procurer par mon labeur. Vous voyez,
madame Jérôme, combien le savoir est utile et
profitable : ce n'était pas que je me fusse imposé la loi de ne jamais rien publier, mais j'ai
pensé qu'il y avait des ouvrages qui pouvaient
ne pas compromettre notre repos; j'ai fait un
almanach, où je rappelle les fêtes et les époques de l'année des anciens; il ne peut être
que très-agréable de savoir que tel jour on entre dans les ides de mars, ou bien qu'on arrive
aux fêtes de Cérès. J'en ai demandé un louis au
libraire, il ne me fallait que cela, il me l'a donné
sur-le-champ, et m'en donnera autant tous les
ans pour un almanach pareil. M. Dubourg allait
expliquer à madame Jérôme comment il ferait
pour tâcher de conserver l'exactitude, malgré
l'irrégularité du calendrier des anciens; « mais,
dit-il, cela ne vous est pas nécessaire à sa-

voir, » et il continua ainsi : «J'avais donc desti-
né ce louis à Petit-Pierre, je puis en disposer
en sa faveur, d'autant que voilà l'année qui finit, et que j'ai sur l'extraordinaire plus qu'il ne
faut pour payer sa maladie. J'ai craint d'abord
que ce fût encourager le vice ; mais j'ai pensé
que le mal était fait, et que c'était l'innocent
qui en pâtissait. Prenez donc ce louis, madame
Jérôme, et allez porter les dix-huit francs au
marchand. » (C'était, dit monsieur de Cideville,
le louis d'or dont je te conte l'histoire.)

Madame Jérôme, continua-t-il, avait attendu
avec anxiété la fin de ce discours, qu'elle n'a-
vait pas beaucoup compris, mais qu'elle n'avait
osé interrompre. Comme c'était une très-hon-
nête femme, l'action de son fils l'avait tellement pénétrée de honte et de douleur, qu'elle
se jeta presqu'aux genoux de monsieur Du-
boug pour le remercier de ce qu'il lui donnait
les moyens de la réparer sans être obligée
à payer une somme très-considérable pour une
pauvre femme chargée de famille. Elle courut,
non sans avoir adressé quelques reproches à son
fils, qui les entendit à peine, payer le marchand, chez qui on n'avait pas encore envoyé ·
il n'avait pas non plus envoyé chercher son

argent : Petit-Pierre s'était trompé, ainsi l'on
ne savait rien encore. Sa mère, en rentrant, le
trouva mieux ; la fièvre commençait à tomber,
et il fut encore soulagé par cette nouvelle.
Mais s'il échappait à la honte, il ne pouvait
échapper aux remords de sa conscience et aux
reproches de sa mère, qui était inconsolable. Cependant il était peut-être moins malheureux de
ses lamentations que de l'air froid et sérieux
de monsieur Dubourg, qui ne s'approchait plus
de son lit, qui ne lui parlait plus, et qui veillait
à ce qu'il ne manquât de rien, sans jamais lui
demander directement ce qu'il lui fallait. Petit-
Pierre en pleura plus d'une fois bien amèrement ; et à son chagrin se joignit, quand il
commença à se bien porter, la crainte de retourner chez son père, qui l'était venu voir
pendant sa maladie, et qui, étant aussi un
homme d'une grande probité, l'avait sévèrement
traité et même menacé.

Il pria sa mère de demander pour lui à monsieur Dubourg de le garder. Monsieur Dubourg
s'y refusa d'abord : mais ensuite madame Jérôme lui ayant promis que Petit-Pierre ne sortirait pas et qu'il étudierait toute la journée, il

alla chercher son Xénophon, et vit que Socrate avait été dans sa jeunesse adonné à tous les vices ; en sorte qu'il pouvait espérer que le travail réformerait Petit-Pierre comme il avait réformé Socrate.

Petit-Pierre fut bien obligé de tenir sa parole : outre la faiblesse qui lui resta longtemps de sa maladie, il était retenu par la crainte de rencontrer ses créanciers. L'étude étant son amusement, il finit par y prendre goût. Comme il avait de l'intelligence, il fit des progrès qui satisfirent beaucoup monsieur Dubourg.

Mais l'honnête monsieur Dubourg était mal à son aise avec Petit-Pierre ; il ne lui parlait pas avec son ancienne familiarité. Petit-Pierre le sentait, et en était malheureux ; alors il redoublait d'efforts pour tâcher de bien faire. Un jour qu'il avait fait une si bonne version, que monsieur Dubourg était très-content, et lui promettait, s'il continuait, de lui faire arranger l'habit qu'il lui avait gardé, Petit-Pierre, après avoir beaucoup hésité, lui demanda s'il ne voudrait pas lui permettre, au lieu de cela, de le vendre, afin que le prix lui servît, avec le louis qu'il devait recevoir à la fin de l'année, à payer au moins une partie de ses dettes. Monsieur Dubourg y consentit, et sut gré à Petit-Pierre d'avoir eu cette idée. Il demeura donc encore pendant deux ans, pour attendre que le nouvel habit eût fait son temps, avec sa veste grise qu'il raccommodait presque tous les jours, et dont les manches lui étaient devenues de quatre doigts trop courtes. Mais pendant ce temps il gagna tout-à-fait l'amitié de monsieur Dubourg, qui, ayant eu une petite succession, l'employa à augmenter le traitement de Petit-Pierre, qu'il éleva au rang de son secrétaire. De ce moment il le traita comme son fils ; mais Petit-Pierre, qu'on appelait alors monsieur Jérôme, ne pouvait, sans un chagrin profond, voir monsieur Dubourg, si on parlait devant lui d'un défaut de probité, rougir, baisser les yeux et n'oser le regarder. Lui-même, toutes les fois qu'on disait quelque chose qui pouvait avoir rapport à son action, il sentait comme un trait douloureux qui venait lui traverser le cœur. Dans les choses où il s'agissait d'argent, il était timide, toujours tremblant qu'on ne soupçonnât sa probité. Il n'osa pendant plusieurs années proposer à monsieur Dubourg de lui épargner la peine de porter lui-même, à la fin du mois, son argent au restaurateur. La première fois que monsieur Dubourg l'en chargea, il en fut bien aise, et se sentit humilié de ce plaisir-là ; cependant il s'y accoutuma. Une vie constamment honnête lui a rendu la confiance que doit avoir un homme d'honneur ; mais il n'osera conter cette histoire à ses enfants pour leur instruction, que lorsqu'il sera devenu si vieux et si respectable, qu'il ne sera plus du tout le même homme que Petit-Pierre ; et il se souviendra toujours que c'est M. Dubourg et son louis d'or qui ont sauvé sa réputation.

SUITE DE L'HISTOIRE D'UN LOUIS D'OR.

Monsieur de Cideville ayant un jour, après son déjeuner, une heure de libre, Ernestine le pria de continuer l'histoire du louis d'or, et il reprit ainsi :

Le marchand à qui madame Jérôme avait rapporté le louis d'or sortait au moment où elle le lui remit ; il le prit, lui rendit un écu de six francs qui était sur le comptoir, donna le louis à sa femme pour le serrer, et s'en alla. La marchande allait le serrer, lorsqu'elle entendit.

dans la pièce voisine, sa petite fille, âgée de
deux ans, jeter de si terribles cris, qu'elle la
crut tombée dans le feu; elle y courut : elle
s'était simplement pris le doigt dans une porte :
sa mère, après avoir eu beaucoup de peine à
l'apaiser, revint pour serrer son louis; elle ne
le trouva plus; elle le chercha partout inutilement; sa fille de boutique, Louison, le chercha
aussi et avec une grande anxiété, car personne
n'était entré dans la boutique; elle y était restée seule, et elle pensait bien que sa maîtresse,
qui ne l'aimait pas beaucoup, pourrait l'accuser d'avoir pris le louis. En effet, cela ne man-
qua pas. Louison eut beau dire qu'il n'en était
rien, retourner ses poches, se déshabiller même en présence de sa maîtresse pour lui prouver qu'elle ne l'avait pas caché, il n'y eut pas
moyen de la persuader; elle était d'autant plus
en colère, qu'elle savait que son mari se fâche-
rait contre elle de ce qu'elle n'avait pas serré
le louis sur-le-champ. Quand il rentra, elle lui dit
qu'elle était sûre que Louison l'avait pris; le
mari n'en était pas sûr, car il connaissait Louison
pour une honnête fille, mais il était de mauvaise humeur, Louison en pâtit et fut renvoyée.

Elle s'en alla désolée, mais emportant sans s'en douter le louis d'or dans son soulier. Au moment où la marchande, en courant aux cris de sa fille, avait posé le louis d'or sur le comptoir, Louison s'y trouvait montée pour ranger un carton placé très-haut. Elle avait de très-gros souliers, auxquels, pour les rendre plus solides et se mieux garantir de l'humidité, elle avait fait ajouter une seconde semelle, qui s'était usée sur le côté ; un faux mouvement du pied de Louison, en marchant sur le comptoir avec ses gros souliers, fit entrer le louis par le trou entre les deux semelles. Louison sentit à son pied, en descendant, quelque chose qui s'accrochait ; elle crut que c'était un des clous qu'on avait mis à sa semelle qui s'en allait : comme elle était très-active et n'interrompait pas volontiers ce qu'elle faisait, elle frappa simplement son pied contre le bas du comptoir pour faire rentrer ce qui la gênait ; le louis entra en effet tout entier. Comme on portait alors des talons, le mouvement du pied le fit descendre vers le bout ; ainsi il n'en fut plus question, et Louison courut dans Paris pour aller chercher une autre place, portant partout avec elle ce louis qui l'avait fait chasser de la sienne.

Comme elle n'avait pas de certificat de son maître, elle ne put trouver de place. Elle était orpheline et n'avait point de parents à Paris, en sorte que, pour ne pas périr de misère, elle fut obligée de se faire ravaudeuse et de s'établir dans un tonneau au coin de la rue. Ce métier fut très-pénible à Louison, dont les parents, honnêtes marchands, mais qui étaient morts ruinés, l'avaient assez bien élevée ; il avait fallu toute la douceur de son caractère pour demeurer chez la marchande, qui la maltraitait ; mais comme elle avait beaucoup de décence, elle avait tout supporté pour demeurer dans une situation honnête : maintenant elle était obligée d'entendre les cris des gens de la rue, les propos des ivrognes qui l'apostrophaient souvent d'une manière très-désagréable, sans compter le froid, le vent, la pluie, dont elle avait beaucoup à souffrir ; mais comme dans le métier de ravaudeuse on ne marche pas beaucoup, elle n'avait pas achevé d'user ses souliers, et portait toujours avec elle le louis qui lui avait fait tant de tort.

Un des jours du printemps où le soleil avait été fort chaud, il vint tout d'un coup un orage terrible, qui en un instant élargit les ruisseaux de telle sorte qu'en plusieurs endroits ils touchaient les deux murailles des rues. Louison avait quitté son tonneau, et s'était réfugiée sous une porte vis-à-vis ; elle s'y trouva avec une femme mise d'une manière qui annonçait l'aisance ; elle n'était pas jeune, paraissait d'une mauvaise santé, et était très-embarrassée pour traverser avec ses souliers d'étoffe les mares épouvantables qui s'étaient formées devant elle : elle n'avait pas l'habitude d'aller à pied ; mais ce matin-là, comme il faisait beau, elle n'avait pas fait mettre ses chevaux pour aller à la messe, qui se disait très-près de chez elle : ayant trouvé trop de monde dans l'église où elle l'entendait ordinairement, elle était allée dans une église plus éloignée ; et pendant qu'elle y était elle avait envoyé son domestique faire une commission ; elle était revenue seule, l'orage l'avait surprise, et elle craignait beaucoup que l'humidité ne lui rendît un gros rhume dont elle était à peine guérie.

— Si j'avais seulement d'autres souliers, disait-elle.

Louison bien timidement lui proposa les siens.

— Mais vous, comment ferez-vous ? demanda la dame.

— J'irai nu-pieds, dit Louison ; Madame ne peut pas s'en aller avec ces souliers-là ; et Louison le pensait comme elle le disait, car les pauvres gens, accoutumés à nous voir tant de commodités dont ils se passent, s'imaginent quelquefois qu'il nous serait impossible de supporter des choses qu'il leur paraît à eux tout simple d'endurer. Quoique nous leur voyions cette opinion, nous ne devons pas la partager ; il ne faut pas se persuader qu'ils aient la peau beaucoup moins sensible que nous, ni qu'ils soient constitués d'une manière différente ; mais accoutumés à la peine, ils ne se l'exagèrent pas, et supportent ainsi, sans beaucoup souffrir, des choses que nous ne croirions pas même pouvoir essayer, et qui au fait ne nous feraient pas plus de mal qu'à eux.

Cependant, continua monsieur de Cideville, dans ce cas-là il n'en était pas ainsi : Louison était jeune et en bonne santé, la dame était âgée et malade : il était raisonnable qu'elle acceptât les souliers de Louison. Elle les prit donc ; et Louison lui demanda bien pardon de ce qu'ils n'étaient pas plus propres, l'accompagna nu-pieds, la soutenant, parce qu'elle ne savait pas bien marcher avec ces gros souliers. Lorsqu'elle fut arrivée chez elle, elle fit entrer Louison pour qu'elle se séchât et pour la récompenser du service qu'elle lui avait rendu ; elle dit aussi qu'on fît sécher ses souliers avant de les lui rendre. On les mit près du feu à la cuisine ; Louison s'y mit aussi. Tandis qu'elle causait avec les gens, la fille de cuisine prit un de ses souliers pour l'essuyer ; elle enleva, sans le vouloir, la semelle que l'eau avait presqu'entièrement détachée. Le louis d'or tomba. Louison fut un moment aussi étonnée que les autres ; mais tout d'un coup elle jette un cri de joie ; elle se souvient de ce qu'elle a senti entrer dans sa semelle le jour où on l'accusa d'avoir pris le louis. Elle raconta son histoire ; les gens, tout émerveillés, vont la raconter à leur maîtresse. Louison la prie de lui donner, ainsi que ses gens, une attestation de ce qui lui est arrivé, afin qu'elle obtienne un certificat de son maître, et puisse se replacer.

La dame fait prendre des informations non-
seulement chez le marchand, où elle apprend
que tout ce qu'a dit Louison est vrai, mais
aussi dans son voisinage, où l'on avait toujours regardé Louison comme une très-hon-
nête fille, et où personne n'avait cru qu'elle eût
pris le louis. Elle avait vu aussi, par le ton et
le discours de Louison, qu'elle n'était pas faite
pour l'état où elle l'avait trouvée : en sorte que,
comme sa femme de chambre était vieille et
infirme, elle prit Louison à son service pour
l'aider ; elle renvoya au marchand son louis en
argent, et donna à Louison le louis d'or, qui
lui avait fait tant de mal et de bien.

Louison s'imagina que son bonheur tenait à
ce louis d'or qu'elle avait porté si longtemps
avec elle sans s'en douter, et elle le portait
toujours sans vouloir le dépenser. Il arriva
que sa maîtresse se rendant à sa terre, qui
était assez éloignée de Paris, se détourna de
quelques lieues pour aller passer vingt-quatre
heures chez une de ses amies, dont l'habita-
tion se trouvait presque sur sa route ; elle
laissa Louison avec ses effets à l'auberge de la
poste, où elle devait la reprendre le lendemain

matin. Louison, qui n'avait rien à faire, s'assit sur un banc devant la porte qui donnait sur le chemin ; elle y vit arriver un jeu ne homme qui courait à toute bride ; le postillon qui l'accompagnait ne pouvait venir que bien loin après lui. Il était pâle, avait l'air fatigué, et paraissait dans une grande agitation ; il descendit de son cheval et demanda qu'on lui en sellât vite un autre : les postillons ne pouvaient se presser assez. Au moment de remonter à cheval, il cherche de l'argent pour payer la poste ; il n'avait pas sa bourse ; il fouille dans toutes ses poches ; il s'aperçoit alors qu'à l'avant-dernière poste, où il a été obligé de changer de tout, parce que son cheval l'avait jeté dans un fossé plein d'eau, il a oublié son porte-manteau, sa bourse et sa montre ; il s'agite, se désespère. « Quoi ! s'écrie-t-il, pas un louis sur moi ! un louis me sauverait la vie. » Il demande le maître de l'auberge ; il était aux champs ; il n'y avait que son fils, enfant de quinze ans, et quelques postillons. « Ne pourriez-vous, dit-il, trouver un louis à me prêter ! je vous ferai mon billet de dix. » Les postillons se regardent et ne répondent point. Il leur dit qu'il s'ap-

pelle le comte de Marville, qu'il va à deux
lieues de là; sa femme y est malade, très-
malade, sans médecin, entourée de gens qui
ne connaissent pas son tempérament, et qui
lui font faire des remèdes tout contraires à ce
qu'il lui faut. Il l'a appris à Paris, s'est fait
donner par son médecin une consultation; pour
ne pas perdre de temps il a pris la poste et a
cour jour et nuit à franc étrier. Son domestique,
trop faible pour le suivre, est resté en route :
pour lui, il vient de faire poste double; ainsi
il se trouve à quatre lieues de l'endroit où il a
laissé ses effets, et n'a pas un sou pour continuer son chemin, pour aller peut-être sauver
sa femme.

A tout cela, les postillons, au lieu de répondre, s'étaient dispersés; l'agitation même du
comte leur ôtait toute confiance en ses paroles.
D'ailleurs, le postillon qui l'avait accompagné,
et à qui il avait promis un fort pour-boire pour
l'engager à doubler la poste, très-mécontent de
n'être pas même payé, criait qu'il allait porter
sa plainte au maire de l'endroit. Monsieur de
Marville ne voyait que le retard; et dans son
inquiétude, il semblait qu'une heure de délai

allait peut-être coûter la vie à sa femme.
Louison avait entendu tout cela : elle connais
sait le nom de monsieur de Marville, qu'elle
avait entendu prononcer à sa maîtresse ; elle
pensa à son louis ; elle n'avait pas d'autre argent, car, en voyage, elle mettait le peu qu'elle
possédait dans la cassette de sa maîtresse, ex-
cepté le louis, dont elle ne pouvait se séparer.
Il lui parut bien triste de s'en défaire : cependant il l'avait tirée d'un état si misérable, qu'elle
pensa que ce serait un péché que de ne pas le
faire servir à sortir un autre de peine, quand
elle le pouvait. Elle le tira donc d'une petite
poche où elle le tenait toujours serré, et l'offrit à monsieur de Marville, qui, enchanté, lui
demanda son nom, lui promit qu'elle aurait de
ses nouvelles, paya les postillons, remonta à
cheval, et partit : et Louison, quoiqu'elle ne se
repentît pas de ce qu'elle avait fait, demeura
un peu inquiète, d'autant que les gens de l'auberge lui disaient qu'elle ne reverrait jamais
son argent.

Sa maîtresse, en revenant le lendemain matin, la rassura. Elle connaissait monsieur de
Marville, et avait appris que sa femme était en

effet malade à douze lieues de là. Louison
n'eut rien de plus pressé que de retirer son
louis, qui était encore à la poste où monsieur
de Marville l'avait changé. Elle y tenait plus
que jamais. Monsieur de Marville n'oublia pas
ce qu'il lui devait. Il avait trouvé en effet sa
femme très-malade ; et soit que le traitement
qu'il apportait eût produit un bon effet, soit
toute autre cause, il avait eu la satisfaction de
la voir se rétablir. Il attribuait sa guérison à
Louison ; et comme il aimait extrêmement sa
femme, il se croyait obligé à beaucoup de reconnaissance envers celle qui l'avait sauvée. Il
alla la voir dans la terre de sa maîtresse, lui
rendit son louis, et lui fit une petite pension. A
cette occasion, le domestique de monsieur de
Marville, qui avait quelque bien, épousa Louison, et entra peu de temps après au service
de la même maîtresse. Comme c'était un homme raisonnable, il voulut lui faire dépenser son
louis, parce qu'il savait bien qu'il était ridicule
de croire qu'il pouvait porter bonheur ; mais
Louison ne consentit à s'en détacher que pour
payer les deux premiers mois de nourrice de
son premier enfant. La nourrice de l'enfant de

Louison était fermière de monsieur d'Auvray, père d'une petite fille nommée *Aloïse*; elle lui donna ce louis dans le paiement de ce qu'elle lui devait pour le revenu de sa ferme, et tu vas voir à quoi il servit.

LE LOYER.

Aloïse avait été plusieurs jours inquiète. Jeanneton, la femme qui lui apportait, de deux jours l'un, une botte de mouron frais pour son oiseau, avait passé une semaine sans venir, et chaque fois qu'elle y avait pensé, elle avait dit à sa bonne : « Certainement ce pauvre Kiss sera malade de n'avoir pas de mouron; cela fait qu'il n'a pas d'ombre dans sa cage quand elle est à la fenêtre, et que le soleil lui donne sur la tête. » Et Aloïse craignait sérieusement que son oiseau n'attrapât un coup de soleil. A la vérité, cette crainte ne l'occupait pas souvent; mais toutes les fois qu'elle s'approchait pour faire la conversation avec Kiss, elle disait : « Cette vilaine Jeanneton ne veut donc plus venir !

Jeanneton vint enfin, et Aloïse la reçut en la grondant bien fort : elle prit en hâte une botte

4

de mouron ; et sans se donner le temps de la
défaire, elle en arracha une poignée qu'elle
porta sur la cage de Kiss, en lui disant :

— Pauvre Kiss ! il fait un soleil terrible!

— Oh ! oui, dit Jeanneton, je vous assure,
Mademoiselle, qu'il fait chaud, surtout quand
on se relève de la fièvre.

— Vous avez eu la fièvre? lui demanda
Aloïse, dont toute l'attention se tourna alors
sur Jeanneton, qu'elle trouva en effet bien
changée. Jeanneton lui raconta qu'elle avait été
malade de chagrin, parce que le terme de son
loyer était arrivé et qu'elle n'avait pas pu le
payer; qu'on avait voulu la mettre à la porte
avec ses trois enfants, et prendre leur lit, qui
était tout ce qu'ils possédaient au monde

— Quoi ! dit Aloïse, vous n'avez pas de chai-
ses ?

Jeanneton lui dit qu'elle avait eu deux es-
cabelles de bois et une table; mais l'hiver d'a-
vant, qui était celui de 1789, elle les avait brû-
lées, parce qu'il faisait un froid si terrible,
qu'elle avait un matin trouvé un de ses enfants
presque mort. Jeanneton avait perdu son mari
peu de temps auparavant, après une longue

maladie qui avait épuisé toutes ses ressources, en sorte que c'était le troisième terme qu'elle ne pouvait pas payer. Son propriétaire lui avait fait grâce encore pour quelque temps; mais il lui avait dit que si au terme prochain elle ne payait pas, elle et ses enfants iraient coucher dans la rue. « Bien heureux, dit Jeanneton, si nous y trouvons un peu de paille pour y mourir, car nous sommes trop misérables pour que personne veuille nous recevoir! » En disant cela elle se mit à pleurer, et Aloïse se sentit prête à pleurer aussi, car elle était extrêmement bonne et sensible aux maux des autres. Elle demanda à Jeanneton si son loyer était bien cher. Il était de six francs par quartier; Jeanneton en devait trois, c'était un louis qu'elle allait devoir au mois de juillet, et un louis qu'il lui était bien impossible d'espérer de payer, car elle n'avait pour vivre que la vente de son mouron, de quelques fleurs dans l'été, et de quelques pommes cuites dans l'hiver, ce qui lui suffisait tout au plus pour donner de quoi manger à ses enfants. Elle dit à Aloïse que pendant qu'elle avait été malade, sans la charité de quelques voisines ils seraient morts de faim, et qu'elle allait rentrer bien vite pour leur acheter du pain, parce qu'ils n'avaient pas mangé de la journée. Aloïse prit dans son tiroir quarante sous, c'était tout ce qui lui restait de son mois, parce que, comme Aloïse n'avait pas d'ordre, elle n'était jamais riche. Elle les donna à Jeanneton. La bonne lui donna vingt sous, ce qui fit un petit écu, auquel la bonne ajouta, pour les enfants, de vieux souliers qu'Aloïse ne portait plus, et avec lesquels la pauvre Jeanneton s'en alla bien contente, oubliant pour un moment l'excès de sa misère; car les pauvres gens éprouvent quelquefois des nécessités si pressantes, que lorsqu'ils s'en trouvent délivrés pour un instant, le bonheur qu'ils éprouvent alors les empêche de penser au malheur qui les attend.

Après le départ de Jeanneton, Aloïse et sa bonne en parlèrent longtemps. Aloïse aurait bien voulu pouvoir économiser sur sa pension huit francs par mois, pour faire le louis dont avait besoin Jeanneton; mais cela était impossible; elle avait perdu ses gants neufs, il lui en fallait d'autres; on devait lui apporter, dans

les premiers jours du mois, une paire de souliers de prunelle, pour remplacer ceux qu'elle
avait gâtés en les portant imprudemment dans
la boue; de plus, son dé, ses ciseaux, son pe-
loton de fil, ses aiguilles qu'elle perdait sans
cesse, faute de savoir rien ranger, formaient
un courant de dépenses assez considérable.
Quoiqu'elle eût près de onze ans, on n'avait jamais pu la corriger de ce défaut d'ordre, qui tenait à une grande vivacité, et à ce que, quand
une idée s'emparait d'elle, elle s'y livrait toute
entière, sans qu'il lui fût possible en ce moment de penser à autre chose.

C'était à Jeanneton qu'elle pensait alors.
Elle aurait bien voulu avoir un louis à lui donner pour le moment où elle serait obligée de
payer ses termes; mais elle n'osait le demander à ses parents, qu'elle voyait, sans être pré-
cisément gênés, vivre avec une certaine économie; d'ailleurs elle savait bien qu'ils étaient si
bons, que, s'ils pouvaient quelque chose, ils le
feraient sans qu'elle le leur demandât. Quand
elle descendit chez sa mère, elle parla donc de
Jeanneton, du chagrin qu'elle avait eu, du désir qu'elle aurait de la secourir. Vingt fois elle

refit tout haut ses calculs pour tâcher de faire
comprendre qu'elle ne le pouvait pas sur sa
pension; vingt fois elle répéta : « Cette pauvre
Jeanneton a dit qu'elle mourrait sur la paille
si elle ne pouvait **payer son** loyer. » Madame
d'Auvray, sa mère, écrivait, monsieur d'Auvray
était occupé à regarder des estampes; ni l'un ni
l'autre ne paraissait l'entendre. Aloïse était désolée; car, quand elle désirait une chose, elle
n'avait pas de repos qu'elle ne fût faite ou
qu'elle ne l'eût oubliée. On vint l'avertir que
son maître de dessin l'attendait. Toute préoc-
cupée de Jeanneton et de son chagrin, elle laissa, comme cela lui arrivait presque tous les
jours, son ouvrage sur sa chaise, la pelote
dessous, son dé sur la table et ses ciseaux à
terre. Sa mère la rappela à la porte.

— Aloïse, lui dit-elle, ne t'arrivera-t-il donc
jamais de ranger ton ouvrage de toi-même et
sans que je sois obligée de te le dire?

Aloïse répondit tristement que c'est qu'elle
pensait à autre chose.

— A Jeanneton, n'est-ce pas? lui dit son
père. Eh bien ! puisque tu as tant d'envie de la
tirer de peine, faisons un marché. Chaque fois

que tu rangeras ton ouvrage sans que ta mère te le dise, je te donnerai dix sous : en quarante-huit jours tu pourras faire ainsi le louis dont Jeanneton n'a besoin que dans trois mois.

Oh ! qu'Aloïse sentit une grande joie ! elle se jeta au cou de son père, son cœur était délivré d'un poids bien cruel.

— Mais, lui dit monsieur d'Auvray, pour que la convention soit égale, il faut aussi que tu payes quelque chose quand tu y manqueras. Il serait juste de te demander dix sous ; mais, ajouta-t-il en riant, je ne veux pas faire le marché de la pauvre Jeanneton trop mauvais, je ne te demanderai donc que cinq sous ; mais prends-y garde, il n'y aura pas de grâce, et tu n'auras rien du louis, que tu ne l'aies gagné tout entier. Le voilà, dit-il en sortant ce louis d'or de sa poche, et le mettant dans un tiroir du secrétaire de madame d'Auvray, tâche de le gagner.

Aloïse promit bien qu'il lui appartiendrait ; ses parents eurent l'air d'en douter. Il fut cependant convenu que madame d'Auvray et Aloïse écriraient chacune de leur côté pour tenir les comptes en règle ; et Aloïse était si contente, si pressée d'aller conter cet arrangement à sa bonne, qu'elle sortait en courant sans ranger son ouvrage. Heureusement elle s'en souvint à la porte ; elle revint de même en courant, sauta sur son ouvrage, et vit son père qui éclatait de rire : « Au moins, s'écria-t-elle, maman ne me l'a pas dit ; » et on le lui passa pour cette fois. Pendant quelque temps elle fut très-exacte, d'autant qu'elle avait conté la chose à Jeanneton, qui, sans oser le lui rappeler, lui disait de temps en temps un petit mot de son propriétaire, qui était un homme bien terrible. Aussi en un mois n'y avait-elle manqué que six fois ; cela faisait vingt-quatre jours où elle avait gagné ses dix sous ; mais comme il y avait eu six jours de négligence pendant lesquels elle en avait perdu cinq, cela faisait six fois cinq sous, ou trois fois dix sous qu'il fallait retrancher sur les vingt-quatre jours ; il en restait donc vingt-un de gagnés sur les quarante-huit.

Aloïse ne faisait pas son compte de cette manière. Comme son étourderie portait sur tout, tantôt elle oubliait que pendant les six jours qu'elle n'avait pas rangé son ouvrage, elle n'a-

vait pas gagné les dix sous; tantôt elle oubliait que pendant ces jours-là elle en avait
perdu cinq; de sorte qu'elle ne comptait jamais
qu'à cinq ou dix sous de perte ces jours où sa
négligence lui en avait réellement fait perdre
quinze. Sa mère, au bout du mois, eut toutes
les peines du monde à lui faire comprendre ce
calcul; et quand elle l'eut compris elle l'oublia. Elle avait commencé à écrire, et puis l'a-
vait négligé. Elle pria sa mère de lui communi-
quer sa note : sa mère le voulut bien, en la
prévenant que ce serait la dernière fois. Aloïse
recommença à écrire, et perdit son papier. Elle
essaya de compter de tête, et se brouilla dans
ses calculs. Malheureusement aussi les leçons
de danse qu'elle prenait dans l'appartement de
sa mère furent changées d'heure, et se trouvèrent à celle où venait Jeanneton; en sorte
qu'elle la vit moins souvent, et l'oublia un peu.
Cependant la bonne habitude qu'Aloïse avait
commencé à prendre se soutenait, elle rangeait
souvent son ouvrage, mais assez souvent aussi
elle ne le rangeait pas. Cependant il lui semblait qu'elle l'avait rangé si souvent, qu'elle
se tenait bien tranquillle, et ne songeait

seulement pas à regarder la date du mois.

Un matin elle s'était levée bien heureuse.
Elle devait aller passer la journée à la campa-
gue ; c'était une partie arrangée depuis longtemps, elle s'en était fait une idée charmante.
Le temps était superbe. Aloïse achevait de
s'habiller, lorsqu'il entra dans sa chambre un
homme mis comme un ouvrier ; il avait un ta-
blier de cuir, et sur la tête un bonnet de laine
qu'il souleva à peine en entrant ; il avait l'air
de très-mauvaise humeur, et dit brusquemeut
à la bonne d'Aloïse qu'il venait de la part de la
femme qui lui vendait le mouron pour ses oi-
seaux ; qu'il était son propriétaire ; qu'elle lui
devait quatre termes qu'elle ne pouvait pas lui
payer ; qu'elle l'avait prié de venir voir si on ne
pourrait pas l'aider. « Ce n'est pas mon affaire,
ajouta-t-il brutalement, d'aller quêter pour être
payé ; cependant j'ai voulu voir s'il n'y avait
pas moyen de tirer quelque chose. S'il n'y a
rien, qu'elle s'arrange : demain, huit de juillet,
il faudra bien qu'elle déménage ; son déména-
gement ne sera pas lourd, du moins ! »

Aloïse tremblait de tous ses membres de se
trouver dans la même chambre avec ce pro-

priétaire si terrible dont lui avait parlé Jeanneton, et dont le ton ne la rassurait pas. N'o-
sant lui adresser la parole à lui-même, elle dit
tout bas à sa bonne qu'elle allait demander le
louis à sa mère.

— Est-il gagné? lui demanda sa bonne.

— Oh! sûrement! dit Aloïse; et cependant
elle commençait à craindre beaucoup qu'il ne
le fût pas. Elle s'effaça le plus qu'il lui fut possible pour passer entre la porte et l'homme,
qui était resté auprès, et qui lui causait un tel
effroi qu'elle n'aurait jamais osé le prier de se
déranger. Elle accourut toute rouge et toute
essoufflée chez sa mère, lui demandant le louis.

— Mais, est-ce qu'il est à toi? lui dit sa mère.
Je ne crois pas.

— Oh! maman, dit Aloïse en pâlissant, je
vous assure que j'ai rangé mon ouvrage plus
de quarante-huit fois.

— Oui, mon enfant, mais les jours où tu ne
l'as pas rangé?

— Maman, je l'ai rangé très-souvent, je vous
assure.

— Nous allons voir. Et madame d'Auvray

tira la note de son secrétaire. Tu l'as rangé
soixante fois, dit-elle à sa fille.

— Vous voyez, maman, dit Aloïse toute
joyeuse.

—Oui, mais tu as manqué à le ranger trente-
une fois, car le mois de mai a trente-un jours.

— Oh ! maman ! cela ne fait pas...

—Ma fille, trente-un jours à cinq sous, font
sept livres quinze sous, qui sont à retrancher
sur les trente francs que tu as gagnés : ainsi il
manque au louis trente-cinq sous.

Aloïse pâlit et joignit les mains.

— Est-il possible, dit-elle, que pour trente-
cinq sous...

— Mon enfant, lui dit sa mère, tu sais de
quoi tu es convenue avec ton père.

— Oh ! maman ! pour trente-cinq sous ! Et
cette pauvre Jeanneton !

— Tu savais bien ce qui devait t'en arriver,
lui dit sa mère ; je ne puis qu'y faire.

Aloïse pleurait amèrement. Son père entra et
demanda pourquoi ; madame d'Auvray le lui
dit. Aloïse leva vers lui des mains et des regards suppliants.

— Mon enfant, dit monsieur d'Auvray,

quand j'ai fait un marché je le tiens, il faut de
même qu'on le tienne avec moi ; tu n'as pas
voulu remplir les conditions de celui-ci : ainsi,
n'en parlons plus.

Quand monsieur d'Auvray avait dit une fois
une chose, cela était fini : Aloïse n'osait pas
répliquer, mais elle restait à pleurer.

— Les chevaux sont arrivés, dit monsieur
d'Auvray, il faut partir ; allons, va chercher ton
chapeau.

Aloïse vit alors que tout espoir était perdu,
elle ne put retenir ses sanglots.

— Va donc chercher ton chapeau, lui dit son
père d'un ton plus ferme, et sa mère la condui
sit doucement à la porte.

Elle resta en dehors de la chambre, appuyée
contre le mur, sans pouvoir faire un pas, elle
pleurait de toutes ses forces. Sa bonne entra
doucement, et lui demanda si elle avait l'argent ; elle lui dit que l'homme s'impatientait.
En effet, Aloïse l'entendit dans l'antichambre,
qui parlait au domestique toujours avec son
ton brutal et de mauvaise humeur ; il disait
qu'il n'avait pas le temps d'attendre ; qu'il était
bien désagréable que Jeanneton l'eût fait venir

pour rien, aussi qu'elle pouvait être sûre qu'elle allait déménager grand train. Les pleurs d'Aloïse redoublaient, sa bonne tâchait de la consoler ; et le vieux domestique, qui passait en ce moment, et qui ne savait pas pourquoi elle pleurait, dit que mademoiselle Aloïse allait s'amuser à la campagne, et que cela lui ferait oublier son chagrin.

— M'amuser ! m'amuser ! s'écria Aloïse ; et elle pensa que ce serait pendant ce temps-là que la pauvre Jeanneton serait à se désespérer dans la rue avec ses enfants. Ah ! mon Dieu, dit-elle en redoublant ses sanglots, n'aurait-on pas pu me punir d'une autre manière ?

— Ecoutez, lui dit sa bonne, si vous demandiez une autre punition ?

Aloïse la regarda d'un air incertain et effrayé ; elle vit bien qu'elle allait lui proposer de ne pas aller à la campagne : quoiqu'elle s'y promît peu de plaisir, elle n'avait pas le courage de se résoudre à y renoncer. Mais le domestique vint lui dire que l'homme était las d'attendre et voulait s'en aller ; elle l'entendit, en effet, ouvrir la porte, en disant bien haut : « Elle le payera pour m'avoir fait venir inutilement ! » Aloïse priait à mains jointes le domestique de courir après lui et de l'arrêter une minute : elle dit à sa bonne d'aller demander à ses parents s'ils voudraient bien changer sa punition contre la privation du plaisir d'aller à la campagne. Sa bonne étant entrée, madame d'Auvray sortit l'instant d'après, et dit à sa fille :

— Mon enfant, notre désir n'est pas de te punir, mais de fixer dans ta tête une chose nécessaire et que nous n'avons pas encore pu y faire entrer. Crois-tu que la privation que tu éprouveras de ne pas venir à la campagne avec nous te fasse assez d'effet pour que tu n'oublies plus de mettre un peu plus d'ordre dans tes affaires ?

— Oh ! maman, dit Aloïse, je vous assure bien que le chagrin que j'ai eu, et celui que j'aurai encore, ajouta-t-elle en redoublant ses pleurs, de ne pas aller à la campagne, m'en fera bien souvenir.

— A la bonne heure, dit madame d'Auvray ; et elle lui donna le louis, qu'Aloïse chargea sa bonne d'aller porter à l'homme. Pour elle, elle resta contre la porte par où sa mère était ren-

trée dans son cabinet, et où sa bonne, qui
avait chargé la fille de cuisine d'aller après
l'homme porter le louis à Jeanneton, la retrou-
va pleurant encore. Elle lui représenta cependant que, puisqu'elle avait pris son parti, il fallait montrer un peu plus de courage, et essuyer
ses larmes pour aller dire adieu à ses parents,
qui sans cela croiraient qu'elle boudait, ce qui
ne serait pas bien. Elle essuya donc ses yeux,
et tâchant de se contenir, elle entra dans le cabinet. Comme elle s'approchait de son père, qui
était assis, pour l'embrasser, il l'attira sur ses
genoux et lui dit :

— Mon Aloïse, n'y aurait-il pas un moyen de
graver encore mieux dans ta mémoire ce qu'il
ne faut pas que tu oublies?

Aloïse le regarda.

— Ce serait, continua-t-il, de t'emmener à la
campagne, en comptant sur la parole que tu
nous donneras de ne plus jamais oublier de
serrer ton ouvrage.

— Ah ! jamais? dit Aloïse d'un air inquiet. Si
j'allais l'oublier une fois !

— Je suis sûre que tu ne l'oublieras pas, répondit sa mère. Ta promesse, le souvenir de

notre indulgence, tout cela t'obligera à te le rappeler.

— Mais, hélas ! si j'allais l'oublier encore !

— Eh bien ! dit son père en l'embrassant, nous voulons te forcer à t'en souvenir.

Aloïse était bien touchée de tant de bonté ; mais elle se sentait tourmentée de la crainte de ne pas tenir la promesse sur laquelle on comptait de sa part ; et tandis que sa bonne, qui avait entendu tout cela, était allée, toute joyeuse, chercher son chapeau, elle demeura pensive contre la fenêtre ; enfin elle se tourna vivement vers sa mère et lui dit :

— Maman, je demanderai tous les jours à Dieu, dans mes prières, de me faire la grâce de ne pas l'oublier.

— Ce sera, lui dit sa mère, un excellent moyen. Demande-le-lui tout de suite.

Aloïse éleva les yeux au ciel et son cœur à Dieu, et se sentit encouragée. Cependant elle conserva, toute la journée, au milieu de ses amusements de la campagne, quelque chose des émotions qui l'avaient agitée le matin. Le soir, elle n'oublia pas de renouveler sa prière : le lendemain matin elle y pensa en s'éveillant, et, pour ne pas l'oublier, s'imposa la loi de la faire la première de toutes. Elle réussit par ce moyen à se fixer dans la tête le devoir qui lui avait été prescrit. Une fois seulement elle parut prête à s'en aller sans avoir rangé son ouvrage. « Aloïse, lui dit sa mère, as-tu fait ta prière particulière ce matin? »

Cette question lui rappela et la prière qu'en effet depuis quelque temps elle faisait avec moins d'attention, parce qu'elle se croyait sûre de son fait, et sa parole, qu'elle avait risqué d'oublier, ce qui l'effraya tellement, qu'elle ne retomba plus dans le même danger. Un jour que sa mère lui parlait de la manière dont elle s'était corrigée :

— Mais, maman, lui dit timidement Aloïse, est-ce que, pour me corriger, vous auriez eu le courage de laisser mettre cette pauvre Jeanneton à la porte ?

Sa mère sourit, et lui dit :

— Conviens au moins que tu es bien heureuse à présent d'en avoir eu la peur.

Aloïse en convint. Le louis d'or lui avait fait prendre une bonne habitude, dont elle tira encore plus de parti qu'elle ne l'avait imaginé d'abord ; car ce qu'elle gagna sur les choses qu'elle n'avait plus à racheter sans cesse pour les avoir laissé traîner, lui donna les moyens de faire quelque chose de plus pour Jeanneton, à qui on trouva aussi de l'ouvrage, des commissions à faire, et qui ne courut plus le risque de mourir de faim et d'être chassée, avec ses enfants, de son misérable galetas.

Ici monsieur de Cideville, qui était obligé de sortir, interrompit sa narration, qu'il remit à un autre jour.

SUITE DE L'HISTOIRE D'UN LOUIS D'OR.

Monsieur de Cideville ayant repris un jour de lui-même l'histoire du louis d'or, dit à sa fille : « Tu as déjà vu, par plusieurs des aventures que je t'ai racontées, de quelle importance peut être en quelques circonstances une somme aussi peu considérable que le paraît être un louis ; tu verras bientôt tout le parti qu'on en peut tirer ; mais il faut que je t'apprenne d'abord comment il sortit des mains du propriétaire à qui Jeanneton l'avait remis pour payer son terme.

Ce propriétaire était un cordonnier ; sa maison était très-petite, très-laide, très sale, comme on en peut juger par le prix du loyer de Jeanneton, et il en était lui-même le portier. Il était très-avare et ne voulait pas faire les dépenses nécessaires pour l'arranger un peu proprement ou même la réparer ; en sorte qu'il n'y logeait que de.très-pauvres gens qui avaient fait de mauvaises actions, parce que, pourvu qu'ils le payassent, il ne leur demandait pas d'être honnêtes gens. Il y en avait un nommé *Roch*, qu'il connaissait pour un fripon, et qui avait recélé plusieurs fois des choses volées. Le cordonnier fermait les yeux là-dessus, parce que, dans ces cas-là, il lui faisait presque toujours quelque petit présent. Le cordonnier cherchait un jour, dans la ruelle très-étroite qui séparait sa maison de celle de son voisin, de vieux morceaux de toile qu'on y jetait quelquefois, et dont il se servait, après les avoir lavés, pour doubler ses souliers. Comme il se baissait pour en ramasser un, la pipe qu'il tenait à la bouche s'accrocha à quelque chose, sortit de sa bouche, et tomba par un soupirail dans la cave du voisin. Il aurait bien voulu aller demander sa pipe, mais il n'osait pas ; car

les avares sont toujours honteux des choses
que leur fait faire leur avarice. Pendant qu'il
se penchait par le soupirail, espérant qu'elle
serait restée sur le talus qui était en dedans,
et qu'il pourrait la ravoir, il en sortit tout d'un
coup une fumée qui pensa l'étouffer. La pipe
était tombée sur de la paille nouvellement dé-
ballée, et qui n'avait pas encore contracté l'humidité de la cave ; cette paille avait pris feu
presque tout de suite. Le cordonnier se douta
bien de ce qui arrivait, et se sauva pour qu'on
ne sût pas que cela venait de lui ; mais tremblant pour sa maison, que le feu pouvait gagner, il alla avertir, disant qu'il sentait une
grande fumée ; et pour qu'on portât plus
promptement des secours, il dirigea si bien du
côté où était le feu, que cela fit aussitôt devi-
ner la vérité.

La flamme avait promptement gagné un tas
de fagots, de là plusieurs marchandises qui se
trouvaient à côté ; et même, avant qu'on eût
eu le temps de l'arrêter, elle avait endommagé
le bâtiment. Le propriétaire intenta un procès
au cordonnier pour lui faire payer les domma-
ges, disant que c'était lui qui avait mis le feu,

comme en effet tout donnait lieu de le croire. On savait qu'il avait l'habitude d'aller cher-cher dans la ruelle les divers haillons et autres choses de ce genre qu'on pouvait jeter des fe-nêtres. On avait trouvé dans les cendres, au-dessous du soupirail, et à l'endroit où devait se trouver le tas de paille, un reste de pipe qui n'avait pas été consumé. Le cordonnier, lors-qu'il était venu avertir pour le feu, était sans pipe, lui qui ne la quittait jamais. On savait que, dans la même journée, il avait été acheter une pipe neuve, et tout le monde savait aussi qu'il n'était pas homme à acheter une pipe neuve s'il en avait encore une vieille. Il était donc plus que probable que c'était sa pipe qui était tombée dans la cave, et y avait mis le feu. De plus, deux personnes croyaient l'avoir vu de loin sortir de la ruelle.

Le cordonnier n'avait donc d'autre moyen pour faire croire que ce n'était pas lui, que d'as-surer qu'il n'y était pas au moment où le feu avait pu prendre. Il lui fallait pour cela des té-moins qui consentissent à porter un faux té-moignage. Il pensa que Roch lui rendrait bien ce service, et lui fit valoir toute l'indulgence

qu'il avait eue pour lui. Roch ne fit pas de difficultés ; c'était un si grand fripon, qu'il semblait qu'il prît plaisir à faire une mauvaise action. Il demanda simplement qu'en récompense
le cordonnier le présentât et le recommandât,
en qualité de domestique, à monsieur de la
Fère, dont il était le cordonnier, qui avait besoin d'un domestique, et chez lequel Roch
voulait entrer, sans savoir comment y parvenir, faute de trouver personne qui voulût lui
donner un certificat. Le cordonnier y consentit ; car il n'arrive jamais de demander aux autres de faire une mauvaise action pour nous,
sans être obligé d'en faire autant pour eux.
Mais il fallait deux témoins ; Roch se chargea
d'en procurer un autre à condition que le cordonnier lui donnerait un louis d'or.

Celui-ci fit d'abord beaucoup de difficultés
car il tenait plus à son argent qu'à sa conscience ; mais il fallait bien en passer par-là. Il
donna le louis d'or que lui avait remis Jeanneton ; et Roch, ainsi que son camarade, affir-
mèrent par serment que le cordonnier rentrait
avec eux au moment où il avait senti, de la
rue, la fumée qui sortait de la ruelle, et qu'en

chemin un portefaix l'avait heurté si rudement,
que sa pipe en était tombée de sa bouche, et
qu'en faisant un pas en avant pour se retenir,
il avait marché dessus et l'avait cassée. Pour
donner à leur témoignage un plus grand air de
vérité, ils rapportèrent les paroles qu'ils pré-
tendirent qu'ils avaient dites dans ce moment-
là. Le cordonnier gagna son procès; Roch
garda le louis, dont il ne donna que douze
francs à son camarade, et entra chez monsieur
de la Fère, qui allait sortir de France, car c'é-
tait à la fin de 1792, et comme beaucoup d'autres, il ne s'y croyait plus en sûreté. Son domestique, non plus que la femme de chambre
de sa femme, n'avait pas voulu les suivre dans
ce voyage; en sorte que, comme monsieur et
madame de la Fère étaient très-pressés de partir, ils avaient été obligés de prendre Roch
sans informations, et sur la seule recomman-
dation du cordonnier de monsieur de la Fère,
qu'ils croyaient un honnête homme. Ils cher-
chaient pour leur voyage des louis d'or, qui
étaient plus commodes à emporter que de l'argent blanc; comme on les vendait dans ce
temps-là assez cher, parce que beaucoup de

gens en avaient besoin, comme monsieur de la Fère, pour sortir de France, Roch vendit à son maître ce louis qu'il avait reçu du cordonnier, et qui passa ainsi entre les mains de monsieur de la Fère, où tu verras bientôt tout ce qu'il a produit. Pour Roch, avant de partir avec monsieur de la Fère, il vola au cordonnier le prix d'un mémoire assez considérable que son maître l'avait chargé de lui porter, il produisit une fausse quittance, et garda l'argent. Le cordonnier ne sut son départ que plusieurs jours après, et vit ainsi ce qu'il avait gagné à recommander un fripon. Il faut voir maintenant ce qui arriva du louis entre les mains de son nouveau possesseur.

LES HUIT JOURS.

Ce fut au commencement de 1793 que monsieur de la Fère partit avec sa femme, son fils Raymond, âgé de quinze ans, sa fille Juliette, qui en avait treize, son domestique Roch, et la nouvelle femme de chambre de sa femme, pour aller s'établir dans une petite ville d'Allemagne. Ils avaient emporté une somme suffisante pour vivre, s'il était nécessaire, plusieurs an-

nées hors de France, d'autant qu'ayant choisi
une ville où il n'était point encore arrivé de
Français, et où ils ne connaissaient point d'Al-
lemands, ils espéraient bien mener la vie qui
leur conviendrait, sans être obligés à plus de
dépenses qu'ils ne voudraient. Ainsi, ils comptaient, au moyen d'une économie raisonnable,
mais point gênante, passer doucement et tran-
quillement les temps de trouble, en continuant
l'éducation de leurs enfants, qui, enchantés de
changer de place, n'avaient songé qu'à jouir
des objets nouveaux que leur présentait le
voyage.

Quoiqu'affligés d'avoir quitté leur pays, et
des malheurs qui y arrivaient journellement,
monsieur et madame de la Fère ne voulant pas
attrister inutilement leurs enfants sur des choses auxquelles ils ne pouvaient rien, leur pro-
curaient les plaisirs compatibles avec leur situation. Ils avaient un peu allongé le voyage,
pour leur faire connaître différents objets d'instruction qui se trouvaient placés à peu de dis-
tance de leur route, et n'étaient arrivés que
depuis peu de jours dans la ville qu'ils comptaient habiter, quand leur hôte, monsieur Fid-

dler, parla d'une foire assez curieuse qui se tenait à plusieurs milles de là : ils louèrent une
des voitures du pays ; et comptant profiter de
l'occasion pour voir la campagne des envi-
rons, qui était fort belle, ils partirent de grand
matin et emportèrent des provisions pour passer toute la journée dans les champs. C'était
au mois de juin ; leurs promenades se prolon-
gèrent tellement, qu'ils ne revinrent à la ville
qu'à dix heures du soir. Ils furent étonnés, en
arrivant, que le domestique qu'ils avaient laissé à la maison ne vînt pas les aider ; ils pensè-
rent qu'il était allé à la foire de son côté, avec
la femme de chambre, qu'ils appelèrent aussi
inutilement ; mais ils ne savaient trop comment
entrer, la porte de la maison étant fermée, parce que monsieur Fiddler était aussi à la foire.
Enfin, un petit garçon qu'on avait laissé pour
la garder, et qui était allé se promener de son
côté, arriva, ouvrit la porte, et demanda de la
lumière à un voisin, qui remit à monsieur de
la Fère une lettre qui était arrivée pour lui en
son absence ; il s'arrêta pour la lire, et après
l'avoir lue, rentra chez lui si préoccupé qu'il
n'entendait pas les exclamations douloureuses

de sa femme et de ses enfants : enfin ils courent à lui, lui parlent, le tirent de sa rêverie, et lui font voir toutes leurs armoires ouvertes et vides, le secrétaire forcé, leur argent, leurs bijoux emportés ; il ne restait rien. Roch, et la femme de chambre, qu'il avait fallu prendre de même sans informations suffisantes, et qui se trouvait être un aussi mauvais sujet que lui, leur avaient donné plusieurs fois en route des su jets de se méfier d'eux ; ils comptaient les renvoyer en France : ceux-ci, qui s'en étaient apparemment doutés, avaient profité de leur absence pour les dépouiller ; ce qu'ils avaient pu facilement, le pavillon qu'habitaient monsieur et madame de la Fère, séparé du reste de la maison, donnant par un côté sur la campagne. Les fenêtres et les portes ouvertes de ce côté, laissaient des traces de leur passage ; mais du reste, nulle possibilité de les suivre à cette heure, et point d'espérance d'ailleurs de les atteindre : cette ville se trouvant sur la frontière de deux petits Etats d'Allemagne, il n'était nullement douteux qu'ils n'eussent passé dans l'Etat voisin, d'autant plus que plusieurs indices qu'on se rappela alors, firent juger qu'ils avaient pris leurs précautions d'avance. Monsieur de la Fère alla cependant chez le magistrat de la ville faire sa déclaration et les démarches nécessaires.

Quand il rentra, sa famille n'avait pas encore eu le temps de se remettre de sa consternation. Juliette pleurait ; et madame de la Fère, quoique bien accablée elle-même, tâchait de lui faire prendre courage. Raymond, qui savait l'allemand, causait avec monsieur Fiddler, qui, revenu de la foire, et ayant appris leur malheur, s'empressait avec une grande bonté de leur faire des offres de service, que Raymond transmettait à sa mère et à sa sœur. Monsieur de la Fère le remercia aussi en allemand, car monsieur Fiddler ne savait pas le français ; il lui dit que, quoiqu'ils eussent éprouvé un grand malheur, il espérait bien pouvoir s'en tirer ; et monsieur Fiddler, qui était extrêmement discret, craignant de leur être importun, se retira aussitôt.

Lorsqu'ils furent seuls, réunis auprès d'une chandelle que leur avait prêtée monsieur Fiddler, monsieur de la Fère, après avoir tendrement embrassé sa femme et ses enfants, les fit asseoir auprès de lui, et demeura quelque temps en silence, comme cherchant ce qu'il avait à leur dire.

— Mon papa, lui demanda enfin Raymond, qui avait entendu sa réponse à monsieur Fiddler, vous avez dit à Fiddler que nous nous tirerions d'affaire ; est-ce que cette lettre que vous venez de recevoir annonce qu'on va nous envoyer de l'argent de France?

— Au contraire, mon fils.

— Comment ! au contraire ! s'écria madame de la Fère avec un mouvement d'effroi. Son mari lui serra la main, et elle se contint. Il l'avait accoutumée à ne se point laisser aller devant ses enfants à des impressions trop vives, afin de ne pas leur donner des idées exagérées des choses qui pouvaient leur arriver.

— Mes chers amis, reprit monsieur de la Fère en asseyant sa fille sur ses genoux et en retenant la main de sa femme entre les siennes, il ne faut plus compter, du moins d'ici à long-temps, sur aucun secours de la France ; tous nos biens sont saisis, Dieu sait quand nous en rentrerons en possession.

Madame de la Fère pâlit, mais ne dit rien :

Juliette pleurait et tremblait ; et Raymond, appuyé sur le dos d'une chaise, écoutait attentivement son père, dont l'air calme et ferme le rassurait entièrement.

Monsieur de la Fère continua :

« De tous nos effets il ne nous reste absolument que ce que nous avons sur nous, et une petite malle de linge que j'ai vue là, dans un coin où ils l'ont apparemment oubliée. De tout notre argent il ne nous reste que ce louis d'or, dit-il en le montrant, que j'avais dans ma poche.

— O mon Dieu ! s'écria douloureusement Juliette, qu'allons-nous devenir?

Son père la serra dans ses bras.

— Un peu de patience donc, ma sœur, lui dit assez vivement Raymond. Il voyait que son père avait quelque chose à leur proposer ; et, quoi que ce fût, il était pressé de l'exécuter.

Monsieur de la Fère reprit :

— Un louis, mes amis, peut encore devenir une ressource quand on sait en tirer parti. Nous ne pouvons vivre sans travailler, il faut donc en trouver les moyens.

Madame de la Fère dit qu'elle et sa fille sa-

vaient broder, et que monsieur Fiddler pourrait
les recommander dans la ville.

— Oui, reprit monsieur de la Fère, mais cela
ne suffit pas ; avant que les recommandations
aient eu leur effet, qu'on nous ait donné de
l'ouvrage, qu'il soit fini, notre louis pourra
bien être dépensé ; et ma montre, qui est le seul
objet qui nous reste à vendre, car on a emporté
celle de Raymond, ne sera pas non plus une
ressource bien considérable ; il faut trouver
une manière de ne pas épuiser trop vite nos
moyens d'existence.

Juliette dit que monsieur Fiddler, qui s'était
offert de si bon cœur, pourrait bien les aider
jusqu'au moment où leur travail leur rappor-
terait de quoi vivre.

— Il ne faut, dit monsieur de la Fère, accepter les secours des autres que quand on ne
peut plus absolument rien pour soi. Vous sen-
tez-vous le courage de vous imposer pendant
huit jours seulement les plus sévères privations ?

Tous dirent que oui.

— Quand ce serait de vivre de pain et d'eau,
dit Raymond.

Monsieur de la Fère serra d'un air satisfait la main de son fils. Alors Juliette se tourna vers son père d'un air un peu effrayé ; et madame de la Fère, regardant son mari et ensuite ses enfants, ne put retenir quelques larmes. M. de la Fère s'efforçant de conserver toute sa fermeté, leur dit :

— Ecoutez, mes amis, et j'espère que vous penserez, comme moi, que huit jours de courage sont bien peu de chose s'ils peuvent nous sauver. Voici mon calcul . Notre logement est payé d'avance pour trois mois ; nous avons dans la malle du linge autant qu'il nous en faudrait pour trois semaines, sans rien faire blanchir ; nous sommes en été, il ne nous faut point de feu ; les jours sont longs ; en nous levant et en nous couchant avec le soleil, nous n'aurons pas besoin de lumière ; ainsi, sans rien dépenser, nous voilà sur tous ces points à l'abri, pour plus de huit jours, de toute souffrance et même de toute incommodité réelle. Nous n'avons à payer que notre nourriture : en nous réduisant pour huit jours seulement au plus absolu nécessaire, à du pain, ma chère Juliette, dit-il en embrassant tendrement sa fille qu'il tenait toujours sur ses genoux, il nous est possible d'employer une partie de notre louis à acheter quelques matériaux ; vous pour broder, moi pour peindre avec Raymond des cartons, des écrans, différentes choses que nous fera peut-être vendre monsieur Fiddler. Peut-être dans huit jours aurons-nous gagné quelque chose par notre travail. S'il fallait attendre plus longtemps, j'ai encore ma montre ; et je vous réponds qu'avec du courage et du travail, avant que le prix n'en fût dépensé, nous serions hors d'inquiétude.

Raymond, animé par la manière dont son père avait prononcé ces dernières paroles, embrassa sa mère, et sa sœur qui pleurait encore un peu. « Pense donc, Juliette, disait-il, huit jours, c'est sitôt passé ! » Ce n'était pas que jusqu'alors Raymond n'eût été beaucoup plus gourmand que sa sœur, beaucoup plus ardent à désirer les choses qui lui faisaient plaisir ; mais il avait aussi plus de résolution peur y renoncer quand il s'agissait d'un grand intérêt. D'ailleurs ce moment lui avait fait éprouver ce qu'un grand malheur doit faire éprouver à un homme, un redoublement de raison et de

courage ; tandis qu'au contraire, Juliette, déjà
un peu abattue par la fatigue de la journée,
n'avait pu résister à la surprise et au saisisse-
ment du premier moment. Cette chambre mal
éclairée lui donnait des impressions tristes,
tout lui semblait noir autour d'elle ; en sorte
qu'elle se trouvait excessivement malheureu-
se, sans qu'il lui fût bien possible de dire pourquoi. Les caresses de ses parents la calmèrent
un peu ; sa mère la fit coucher : elle dormit
profondément, comme le chagrin fait dormir à
son âge ; et le lendemain, quand elle s'éveilla,
elle se sentit toute ranimée. Sa mère avait déjà
été faire les emplettes nécessaires pour se mettre à l'ouvrage. La mode, en France, quelque
temps avant son départ, avait été de porter des
fichus de linon brodés en soie de couleur ; et
cette mode, quoiqu'un peu ancienne, n'était
pas encore arrivée dans la ville où elle se trouvait, et où l'on avait pourtant la prétention de
suivre les modes de France. Elle acheta ce
qu'il fallait de linon pour faire un fichu, des
soies pour le broder, du carton et quelques
couleurs pour son mari et son fils. Tout cela
lui coûta un peu moins de quatorze francs. Il

en resta dix que l'on serra avec soin pour la subsistance de la famille.

Madame de la Fère avait eu le cœur un peu serré en voyant cette petite somme; mais elle songeait à la montre, qui la rassurait sur la crainte que ses enfants ne manquassent de pain; et d'ailleurs, accoutumée à se reposer sur son mari, dont le courage et la fermeté lui étaient connus, tant qu'elle le voyait tranquille elle ne pouvait être très-inquiète. Monsieur de la Fère, comme il revenait d'acheter le pain pour la famille, rencontra monsieur Fiddler, qui le plaignit et lui offrit de nouveau ses services; il le remercia encore, lui promettant, s'il éprouvait quelque besoin, que ce serait à lui qu'il aurait recours; et monsieur Fiddler, le plus discret des hommes, n'insista pas davantage.

En entrant dans la pièce où se tenait toute la famille, Juliette vit sa mère et Raymond déjà occupés à mettre en état un vieux métier à broder qu'ils avaient trouvé dans un coin de l'appartement, tandis que monsieur de la Fère dessinait sur le linon la guirlande qu'on y devait broder. Un beau ciel éclairait cette pièce,

d'où l'on découvrait une vue magnifique. Juliette, oubliant ses chagrins de la veille, se mit
gaîment à aider sa mère et son frère. La guirlande fut bientôt dessinée, le métier bientôt
tendu; elles se distribuèrent leur tâche, et
commencèrent à travailler. Pendant ce temps,
monsieur de la Fère se mit à dessiner les ornements d'un carton à ouvrage, pendant que
Raymond, qui était assez adroit, coupait et col-
lait le carton, et aidait même son père pour les
ornements les moins difficiles. Après avoir travaillé quelque temps, Juliette eut faim; cependant elle n'osait encore rien dire; mais Raymond ayant demandé à son père s'il n'était pas
temps de déjeuner, ouvrit une armoire où était
renfermé le pain. « Allons, dit-il en riant, voilà
pour huit jours notre cuisine. » Puis il coupa
pour sa mère et sa sœur des morceaux de pain
qu'il assura être choisis avec beaucoup de
soin. Quant à lui, il sépara le sien en cinq ou
six morceaux, dont il prétendait que l'un lui
représentait des côtelettes, l'autre un gigot de
mouton, etc. Cela fit rire; et depuis ce moment
ils ne manquèrent pas, chaque fois qu'ils man-
geaient leur pain, de s'amuser à lui donner

6

les noms des choses les plus recherchées.

Quoique madame de la Fère obligeât souvent Juliette à quitter son ouvrage, et à s'aller promener avec son frère dans le chemin qui passait sous leurs fenêtres, en trois jours le fichu fut brodé. Monsieur de la Fère avait fini de son côté un carton dont le dessus, lavé au bistre, représentait l'un des points de vue qu'on apercevait de son pavillon, et dont les côtés étaient ornés d'arabesques, aussi au bistre. Monsieur Fiddler, à qui monsieur de la Fère avait communiqué le projet qu'ils avaient de vivre de leur travail, les adressa à une dame de la ville, la seule qui sût le français. Madame de la Fère y alla avec Juliette, qui, un peu honteuse de se présenter ainsi, sentait cependant une certaine fierté de penser que son ouvrage pouvait avoir un prix. La dame allemande à qui monsieur Fiddler avait raconté leur malheur, les reçut fort bien ; elle acheta le fichu la valeur d'un louis, en monnaie du pays, et le carton douze francs, et elle dit à madame de la Fère qu'elle lui en ferait vendre d'autres. Elles revinrent enchantées. « Maman, disait Juliette en chemin, puisque nous avons fait une si bonne ournée, il me semble que nous pourrions bien, pour aujourd'hui au moins, manger quelque chose avec notre pain ? »

Madame de la Fère lui dit que ce serait comme le voudrait son père ; mais lorsqu'après lui avoir raconté leurs succès, Juliette renouvela sa proposition :

— Mes amis, dit-il en regardant ses deux enfants, car Raymond avait écouté Juliette d'un air fort attentif, si nous rompons notre jeûne aujourd'hui, il nous sera plus difficile à garder demain, et si nous ne le tenons pas jusqu'au bout des huit jours, le fruit de notre courage est perdu, car nous serons toujours gênés pour acheter les matériaux nécessaires à notre travail, au lieu qu'un peu d'avance nous mettra à l'aise.

— Allons, dit Raymond en courant à l'armoire et coupant un gros morceau de pain, voilà pour aujourd'hui mon pâté d'esturgeon.

— Ma chère Juliette, dit monsieur de la Fère à sa fille, qui avait l'air un peu triste, ce n'est qu'un conseil que je te donne ; l'argent que nous possédons est en partie gagné par ton travail, il ne serait pas juste que tu n'en pusses

pas disposer à ta fantaisie ; si tu le désires,
nous t'en donnerons ta part, dont tu feras ce
que tu voudras.

Juliette se jeta au cou de son père en lui disant qu'elle voulait faire toujours comme lui
et ce qui lui plairait : et l'argent fut employé sur-
le-champ à acheter de nouveaux matériaux. Si
Juliette eut un peu plus de peine, ce jour-là et
les jours suivants, à avaler son pain, à qui
son frère donnait inutilement les plus beaux
noms, elle s'en consola en calculant avec sa
mère le nombre d'heures, de minutes qu'elles
avaient à passer pour arriver à la fin du huitième jour, et puis ce qu'il fallait de minutes pour
faire une fleur ; ce qui abrégea beaucoup le
temps : car lorsque Juliette n'avait pas fini sa
fleur dans l'intervalle qu'elle s'était donné, elle
trouvait qu'il avait passé beaucoup trop vite ;
elle jouissait beaucoup de ce qu'on n'avait pas
vendu la montre, et mit un certain amour-pro-
pre à penser que par leur travail ils pourraient
peut-être la sauver.

Comme en travaillant beaucoup on trouve
des méthodes qui abrègent, cette fois-là il y
eut en cinq jours deux fichus et trois cartons

de faits ; et pour comble de bonheur, le soir du huitième jour la dame allemande en fit demander. Elle avait eu la veille une assemblée, on avait admiré son fichu ; elle avait montré son carton : on voulait avoir des uns et des autres ; et quand madame de la Fère et sa fille y allèrent le lendemain matin, elle acheta tout ce qu'il y avait de prêt, et commanda de nouvel ouvrage. Juliette ne se possédait pas de joie ; elle avait mangé son pain sec de bien bon cœur avant de sortir, en pensant que, selon toute apparence, elle ferait un meilleur dîner ; en rentrant elle aida sa mère à mettre le pot-au-feu : elle n'aurait jamais songé qu'elle pût avoir autant de plaisir à éplucher des oignons, des carottes, à toucher une cuiller grasse, à se griller en écumant la marmite par un jour d'été. Sa mère avait voulu que pour ce jour-là elle se reposât de tout autre travail. Raymond et elle passèrent la matinée à rire aux larmes de mille bêtises que leur faisait dire la joie ; et monsieur et madame de la Fère, contents de les voir si heureux, oubliaient qu'ils eussent jamais eu du chagrin.

Avec quelle satisfaction Juliette aida son

frère à mettre la table, à la couvrir d'une nappe, à mettre le couvert avec quelque vaisselle que leur avait prêtée monsieur Fiddler! Au moment où elle allait servir le dîner, elle entendit des exclamations de joie de Raymond, qui vint, en courant, lui annoncer que le chevalier de Villon, un ancien ami de son père, qu'ils n'avaient vu depuis plusieurs années, parce qu'il était sorti de France bien longtemps avant eux, arrivait en ce moment dans la ville, et qu'il allait dîner avec eux.

— Quel bonheur, dit Raymond, qu'il ne soit pas venu hier! Et il sortit en courant pour aller rejoindre le chevalier.

— Il vient nous diminuer notre dîner! dit Juliette avec un mouvement d'humeur dont elle ne fut pas la maîtresse; il lui semblait que le moindre changement dût déranger la joie à laquelle elle se préparait.

— Juliette, lui dit sa mère, si pendant ces huit jours-ci tu avais trouvé un ami qui voulût partager son dîner avec toi, tu en aurais été bien contente, quand tu aurais même pensé que cela le privait de quelque chose.

— C'est que je ne crois pas que monsieur de

Villon en ait besoin, dit Juliette en baissant les yeux, profondément honteuse de ce qui venait de lui échapper. En ce moment entra le chevalier, ses habits en lambeaux, et si pâle, si maigre, que madame de la Fère, en le voyant, ne put retenir un cri. Pour lui, avec sa vivacité gasconne, il courut l'embrasser.

— Vous voyez, dit-il, comme me voilà fait, c'est actuellement l'uniforme d'un gentilhomme français, ma chère ; moi qui vous parle, je ne suis pas bien sûr d'avoir mangé depuis deux jours.

Madame de la Fère regarda Juliette, qui, d'un air suppliant, semblait lui demander d'oublier ce qu'elle avait dit. Le chevalier s'assit ; il pouvait à peine se tenir debout ; cependant sa gaieté ne lui manquait pas, tant que sa force se soutenait : mais on la sentait retomber à chaque phrase. Juliette avait été lui mettre un couvert. Il semblait avoir peine à marcher, tant il était fatigué : elle lui approcha une chaise pour s'asseoir à table, et quand on servit la soupe, et que le chevalier, toujours poli, voulut en passer à Juliette la première assiette, ce fut avec un mouvement si vif qu'elle le

conjura de la garder, qu'il ne put y résister.
Elle leva alors ses yeux sur sa mère, à qui elle
semblait demander grâce. Madame de la Fère
lui sourit, et la joie rentra dans le cœur de Juliette. Elle fut enfin servie à son tour, et crut
n'avoir jamais fait si bonne chère. Raymond,
qui s'était imaginé jusqu'alors ne pas aimer les
carottes et les navets, n'en laissa pas un petit
morceau sur son assiette. Un morceau de bœuf
et un plat de légumes parurent à toute cette famille un repas splendide. Comme le pauvre
chevalier se trouvait heureux d'être assis, d'ê-
tre à couvert, d'être au milieu de ses amis!
comme il divertissait Raymond et Juliette en
leur racontant ses campagnes et ses aventures !
Monsieur Fiddler avait fait dire à monsieur de la
Fère que sachant qu'il avait un de ses amis à
dîner, il le priait de permettre qu'il lui envoyât
deux bouteilles de bon vin ; monsieur de la
Fère qui ne craignait plus d'être obligé d'avoir
recours à la compassion, n'avait pas cru devoir refuser un présent de l'amitié ; et le vin de
monsieur Fiddler avait tout-à-fait rendu au
chevalier ses forces, son originalité et même
ses espérances. A la fin du dîner, il avait par

faitement oublié qu'il n'avait pas le sou, pas
une chemise, des souliers sans semelle, et un
habit presque sans manches : ses amis n'y
songeaient pas davantage ; pour ce jour-là personne ne pensa à l'avenir, et la journée se
passa dans un bonheur que ne peuvent conce-
voir ceux qui n'ont jamais souffert. Le soir,
monsieur Fiddler prêta un lit, et le chevalier
coucha dans la chambre de monsieur de la
Fère et de Raymond, qui eut peine à s'endor-
mir de la joie d'avoir un nouveau compa-
gnon.

Le lendemain matin, monsieur de la Fère dit
au chevalier :

— Ah çà ! tu restes avec nous ; mais tout le
monde travaille ici : que sais-tu faire ?

— Pas grand'chose, dit le chevalier. Je ferai
le ménage, les commissions, la cuisine quand
il y en aura. Car on lui avait conté l'histoire
des huit jours de jeûne. — Ah ! j'oubliais, dit-
il ; j'ai un merveilleux talent pour raccommo-
der les habits : voyez plutôt ; et il montra le
sien, dont les loques tombaient de tous côtés.
Tout le monde se mit à rire ; mais en y regardant de plus près, on vit en effet que l'habit du

chevalier n'était ainsi déchiré qu'après avoir
été bien raccommodé. — C'est là, disait-il, le
seul talent dont j'aie encore eu besoin ; mettez-
moi à l'œuvre, il m'en poussera peut-être quelqu'autre. Il fut convenu que pour le moment
il se bornerait à exercer, sur les restes de son
habit, son métier de tailleur, pour le faire aller
en attendant mieux, et à se charger des gros
ouvrages, pendant que la famille s'occuperait des
commandes, qui étaient assez nombreuses et
assez pressées. Peu de jours après, monsieur
Fiddler consentit à leur donner, au lieu du pavillon qu'ils occupaient, et qui devenait trop
grand pour eux, un autre appartement beaucoup plus petit, et auquel tenait un petit jardin
que le chevalier se chargea de cultiver, et qui
rapporta des fruits et des légumes. Il coupait
aussi et préparait les cartons pour des coffres,
des écrans, et jusqu'à des vases de cheminée
et des boîtes de pendules que firent monsieur
de la Fère et son fils. Leurs ouvrages et ceux
de madame de la Fère devinrent à la mode dans
le pays. Le chevalier en portait dans les foires
voisines, où en même temps il trouvait de bonnes occasions pour acheter à meilleur marché

qu'à la ville. Monsieur de la Fère lui donnait un droit de commission sur ce qu'il vendait et achetait pour lui, en sorte qu'il put bientôt faire pour son compte un petit commerce dont il se tirait avec intelligence. Raymond l'accompagnait souvent dans ses courses, et s'y accoutumait à traiter d'affaires. Quant à madame de la Fère, qui à ses broderies joignait le talent de faire des modes, elle eut bientôt tant d'ouvrage, qu'elle fut obligée de prendre des ouvrières, et qu'elle établit un magasin où, de toutes les maisons, on venait chercher les modes de France, dont le chevalier, par son activité, trouvait moyen de lui procurer des patrons. Lorsque l'aisance parut assez rétablie dans la famille pour qu'elle n'eût plus à craindre d'être forcée à un nouveau jeûne, monsieur de la Fère dit à Raymond et à Juliette : « Mes enfants, vous avez jusqu'à présent travaillé pour la communauté, il est juste que vous travailliez aussi pour vous. Voilà chacun un louis d'or ; vous savez maintenant le parti qu'on en peut tirer ; faites-le profiter pour votre compte.

Ils le firent si bien fructifier, qu'il servit à

leur entretien tout le temps qu'ils passèrent
en pays étranger. Lorsque monsieur et madame de la Fère rentrèrent en France, ils se trouvaient avoir acquis par leur industrie une somme suffisante pour racheter une partie de leurs
biens qu'on avait vendus ; et le chevalier de Villon
qui se fixa près d'eux, fut lui-même en état de
leur payer une petite pension. Quant à Raymond, il avait acquis l'habitude des affaires et
du travail, et Juliette celle de l'activité et de
l'économie. Elle avait appris aussi à ne pas
fermer son cœur au malheur des autres, ce qui
arrive quelquefois à ceux qui ont été très-oc-
cupés de leurs propres peines ; mais c'était au
milieu de ses peines et de la situation la plus
gênée que Juliette avait vu combien il en coûte
peu de chose pour soulager un grand malheur,
et c'était le louis qui lui avait appris tout cela.

SUITE DE L'HISTOIRE D'UN LOUIS D'OR.

Le louis d'or que madame de la Fère avait
donné au marchand à qui elle avait acheté le
linon des premiers fichus, fut donné par lui en
paiement à un autre marchand qui s'en allait
dans une autre ville d'Allemagne où il était

établi. Celui-ci était un marchand de dentelles.
Parmi les ouvrières qui lui en fournissaient, il
y avait une jeune fille nommée *Victorine*, émi-
grée comme monsieur et madame de la Fère, et
qui travaillait pour faire vivre sa marraine, madame d'Alin, personne âgée, autrefois assez
aisée, mais que la Révolution avait contrainte
de quitter dès les premiers moments la France,
sans prendre aucune précaution pour conserver son bien, sans songer à emporter d'argent
que ce qu'elle se trouvait de comptant en ce
moment. Ne pensant qu'à s'enfuir, elle n'avait
emmené avec elle que Victorine, fille d'un ancien domestique, sa filleule, et qu'elle avait
élevée. Elle lui avait fait apprendre tous les
ouvrages que peuvent faire les femmes ; et
lorsqu'elles étaient tombées dans la misère,
Victorine, qui, bien qu'elle n'eût guère que
dix-sept ans, avait de la raison et du courage,
s'était mise à travailler pour elle et pour sa
marraine, que son âge, sa santé, son caractère
faible rendaient incapable de se tirer par elle-
même d'une pareille situation.

La première idée de Victorine, lorsqu'elles
s'étaient trouvées sans ressources, avait été de

7

vendre une dentelle qu'elle venait de finir pour
elle, ayant trouvé à s'en défaire, elle s'était
mise à continuer ce travail. Elle ne pouvait
pas s'y livrer autant qu'elle l'aurait voulu,
parce qu'il fallait faire la cuisine, le ménage et
servir madame d'Alin, qui n'était pas accoutumée à rien faire par elle-même. Il fallait aussi
de temps en temps lui lire tout haut, et madame d'Alin s'ennuyait un peu de ce que Victorine ne le pouvait pas plus souvent. Victorine
s'impatientait bien quelquefois d'être dérangée
de son ouvrage, mais elle ne le témoignait pas,
car elle savait que sa marraine était assz bonne, si elle s'en fût aperçue, pour se priver de
la chose qui lui faisait plaisir, ou pour se passer des services dont elle avait besoin parce
qu'elle y était accoutumée.

Malgré ces interruptions, le travail de Victorine suffisait au courant de la dépense, mais il
suffisait bien juste ; le moindre extraordinaire
aurait tout dérangé ; et depuis qu'elles étaient
en Allemagne, leurs vêtements n'avaient pas
été renouvelés. Madame d'Alin n'en souffrait
pas, parce que, remuant très-peu, elle n'usait
presque rien, en sorte que ce qu'elle avait

emporté suffisait pour la vêtir pour longtemps ;
mais la garde-robe de Victorine, qui n'était pas
considérable, avait été bien vite usée ; et la
pauvre Victorine, malgré toute sa raison, n'é-
tait pas insensible au chagrin de sortir avec
une robe dont les pièces n'étaient pas exactement pareilles au fond, et dont les manches ne
lui allaient qu'à la moitié du bras, parce
qu'elle avait grandi. Madame d'Alain, qui était
la bonté même, et qui aimait beaucoup Victorine, tâchait de l'habiller en lui donnant de ses
robes ; mais les robes de madame d'Alin, qui
était petite et maigre, tandis que Victorine
était très-grande et assez forte, allaient, s'il
est possible, encore plus mal à Victorine que
celles qui, du moins, avaient été faites pour
elle ; et le chapeau, le vieux mantelet de sa
marraine la garantissaient bien du froid et de
la pluie, mais lui donnaient une si étrange figure, que Victorine ne pouvait se défendre d'un
peu de malaise lorsqu'elle se trouvait dans la
rue, affublée de la sorte, et surtout lorsqu'elle
entrait dans la boutique où elle allait vendre
ses dentelles. Elle soupirait après le moment
où elle pourrait acheter une robe et un chapeau

à la mode du pays ; et comme tout y était fort
bon marché, et que, d'ailleurs, Victorine ne
prétendait pas s'habiller magnifiquement, elle
espérait s'en tirer pour la valeur d'un louis à
peu près.

La possession de ce louis était donc l'objet
de son ambition ; elle y rêvait le nuit et le
jour, elle se représentait le plaisir qu'elle aurait la première fois qu'elle sortirait habillée
comme tout le monde ; mais il fallait arriver à
pouvoir disposer d'un louis, et la chose était
difficile. Victorine, à qui la situation où elle se
trouvait avait donné l'habitude de la prudence,
ne se serait jamais hasardée à dépenser une
somme si forte, sans avoir devant elle de l'argent et de l'ouvrage pour plusieurs mois. Elle
avait donc mis un louis de côté, mais en se
promettant de n'acheter sa robe et son chapeau qu'au moment où elle aurait amassé une
somme qu'elle se prescrivit. D'abord elle en
avait été bien loin ; et puis des semaines moins
chères, le talent qu'elle acquérait pour l'économie, avaient augmenté son trésor ; quelquefois elle le voyait si bien grossir, qu'elle espérait le rendre bientôt complet ; mais tout d'un

coup les légumes se trouvaient plus chers, le
boisseau de charbon avait été plus vite ; alors
le trésor n'augmentait plus ; Victorine ne savait plus quand elle pourrait le compléter, et le
moindre accident qui venait le diminuer lui en
faisait perdre toute espérance. Alors Victorine
mettait une pièce de plus à sa robe, qu'elle
avait un peu négligée dans le moment où elle
espérait en avoir une autre : elle se sentait
pendant deux ou trois jours le cœur bien gros,
et avait quelque peine à travailler avec autant
de goût et de plaisir.

Un jour qu'elle était dans un moment d'espérance, elle alla porter de l'ouvrage au marchand de dentelles. « Tenez, lui dit-il en la
payant, voilà de la monnaie de votre pays, » et
il lui montra le louis. Victorine, en le voyant,
se sentit toute émue : il y avait si longtemps
qu'elle n'avait vu de la monnaie de France !
Quel désir elle éprouva de l'avoir ! Mais elle
avait beau compter, ce qu'on lui devait en
monnaie du pays ne valait pas un louis. Enfin,
elle pria le marchand de le lui garder, en promettant de lui rapporter bientôt assez d'ouvrage pour faire la somme. En effet, le désir

d'avoir le louis lui fit redoubler d'activité :
peu de temps après elle vint le chercher, et
l'emporta bien joyeuse ; et comme tout s'unis-
sait à son idée favorite, elle destina à acheter,
quand elle le pourrait, sa robe et son chapeau.
Ce fut donc le louis d'or qu'elle mit dans le
coin, et qu'elle garda soigneusement.

Le surcroît de travail auquel elle s'était livrée pendant quelque temps pour l'avoir plus
tôt, et quelques bonnes semaines pour l'économie, la faisaient approcher du but de ses dé-
sirs ; enfin, arriva le jour où l'ouvrage qu'elle
avait à porter au marchand devait compléter
la somme nécessaire, du moins si les provisions qu'elle avait à acheter ce jour-là ne pas-
saient pas un certain prix. Les provisions se
trouvèrent bon marché : Victorine, transportée
de joie, s'arrêta, en revenant, dans la boutique d'un marchand de toiles qu'elle connaissait, choisit une robe pour avoir le plaisir de
dire à quelqu'un qu'elle allait acheter une
robe. Elle ne l'avait pas encore dit à madame
d'Alin, mais elle était bien sûre de son appro-
bation. Après avoir choisi sa robe, elle revint,
presque en courant, déposer ses provisions et

chercher le louis. En entrant, elle ouvrit la porte si brusquement, que madame d'Alin, qui ne s'y attendait pas, tressaillit; ses lunettes, qui étaient sur ses genoux, tombèrent, les deux verres se cassèrent.

— Ah! mon Dieu! dit madame d'Alin, moitié de la peur qu'elle avait eue, moitié du chagrin d'avoir cassé ses lunettes. Pour Victorine, elle était restée immobile; la joie qu'elle s'était promise était si grande, que son chagrin fut bien vif. Enfin les prenant des mains de madame d'Alin avec un mouvement d'impatience qu'elle ne pouvait retenir :

— Voilà donc, dit-elle, des lunettes à acheter!

— Non, mon enfant, dit avec douceur madame d'Alin, je m'en passerai.

Victorine sentit son tort, dit à sa marraine d'un ton plus doux qu'elle ne pouvait pas se passer de lunettes, et sortit pour les acheter; mais en passant devant la marchande de toiles, et entrant dans sa boutique pour lui dire qu'elle n'achèterait plus de robe, elle détourna la tête pour que la marchande ne vît pas qu'elle avait presque les larmes aux yeux.

Elle acheta les lunettes, et revint. Elle fut

très-étonnée de trouver chez madame d'Alin
un homme qu'elle ne reconnut pas d'abord,
tant elle était loin d'imaginer qu'il pût être là.
C'était le concierge de la petite terre qu'habitait ordinairement madame d'Alin : il arrivait
de France pour dire à sa maîtresse qu'il n'y
avait plus le moindre danger à y rentrer;
qu'elle n'avait point été mise sur la liste des
émigrés; que son fermier, qui était un honnête
homme, avait payé exactement, en sorte que,
comme il n'avait pas pu lui faire passer les
fonds, il avait accumulé ses revenus, et qu'il
venait la chercher pour rentrer en France
Madame d'Alin, en l'écoutant, était agitée entre
la joie et la crainte; pour Victorine, elle
était si troublée qu'elle ne savait pas même ce qu'elle sentait : quoiqu'elle eût une
grande envie de revoir la France, cela lui paraissait si impossible, qu'elle ne s'était jamais
arrêtée à cette idée, mais de ce moment elle
lui vint avec une telle force, qu'il ne lui fut
pas possible de songer à autre chose; et ses
instances, ses raisons, celles du concierge,
celles des amis de madame d'Alin, dont il lui
avait apporté plusieurs lettres que ses lunettes

lui servirent à lire, la déterminèrent à rentrer en France. Le jour du départ fut fixé ; et Victorine, à qui sa marraine acheta tout de suite la robe et le chapeau, n'ayant plus besoin de son louis pour cet objet, le garda pour acheter en France quelque chose qui lui fît beaucoup de plaisir.

En revenant elle fut longtemps sans savoir à quoi l'employer, car comme madame d'Alin, qui la regardait comme sa fille, la fournissait abondamment de tout ce qui pouvait lui être nécessaire, et que Victorine, accoutumée à l'économie, n'avait pas de fantaisies bien vives, elle gardait toujours son louis pour une meilleure occasion que celle qui se présentait. D'ailleurs, lorsqu'après un séjour à Paris elles furent revenues dans la petite terre de madame d'Alin, celle-ci établit Victorine à la tête de sa maison ; et comme elle y trouva beaucoup de choses à remettre en ordre, cela l'occupa tant qu'elle ne songea plus guère à dépenser son louis. Enfin une de ses parentes, servante dans une ville située à quelques lieues de là, ayant eu occasion de venir la voir, lui dit qu'elle avait bien de la peine à se tirer d'affaire avec des gages qui n'étaient pas considérables, ayant à soutenir sa mère, dont les forces n'étaient plus assez grandes pour qu'elle pût travailler. Victorine pensa que le meilleur emploi qu'elle pût faire de son louis, était de le lui donner, et la servante promit de l'envoyer le plus tôt qu'elle pourrait à sa mère, la vieille Mathurine, qui habitait à deux lieues d'elle. Quant à Victorine, elle épousa peu de temps après le fils de ce concierge si honnête homme, qui avait si bien conservé la fortune de madame d'Alin, ils la soignèrent jusqu'à la fin de sa vie comme ses enfants, et à sa mort elle leur laissa une grande partie de son bien.

— Tu vois, continua monsieur de Cideville, combien il faut quelquefois de temps et de peine pour parvenir a la possession d'un louis d'or ; l'histoire suivante te montrera quels chagrins pourrait nous épargner quelquefois la possession d'une somme beaucoup moins considérable.

LES TENTATIONS.

Madame de Livonne, après avoir été riche, était tombée dans une grande pauvreté : demeurde veuve avec sa fille Euphémie, âgée d'environ douze ans, et n'ayant plus que des parents éloignés et peu riches, auxquels elle ne voulait pas être à charge, elle prit le parti raisonnable et courageux de pourvoir elle-même à sa subsistance et à celle de sa fille. Elle alla s'établir dans une petite ville où elle n'était pas connue, en sorte qu'elle y pouvait vivre comme elle le voulait, sans être obligé de voir du monde et de recevoir des visites. Elle se mit à travailler en linge avec Euphémie, qui était douce, raisonnable, et qui aimait si tendrement sa mère, que, pourvu qu'elle la vît tranquille, elle ne s'affligeait de rien. Ce n'était pas qu'Euphémie n'eût eu de la peine d'abord à s'accoutumer à quelques privations qui s'étaient augmentées tous les jours, à quelques soins auxquels elle répugnait un peu; mais elle voyait sa mère si disposée à se priver pour elle, à lui épargner autant qu'elle pouvait les choses désagréables, qu'elle se hâtait de la prévenir et se faisait un plaisir de ce qui autrement aurait été une peine. Ainsi Euphémie n'aimait pas à compter le linge sale ni à laver les assiettes; mais si elle pouvait voir la blan-

chisseuse avant sa mère, elle se dépêchait de
le lui donner, enchantée de penser que sa mère
ensuite n'aurait plus à le faire ; et après le dîner, elle trouvait presque toujours quelque
moyen de la surprendre, en lavant et rangeant
la vaisselle avant qu'elle se fût levée de table.
Alors madame de Livonne embrassait Euphémie de tout son cœur.

A la joie qu'elle en recevait se mêlait quelquefois un peu de tristesse et d'inquiétude sur
la destinée d'Euphémie ; mais madame de Livonne était si courageuse, qu'elle savait surmonter ses craintes et se confier à la Providence. D'ailleurs la tristesse ne pouvait guère
durer avec Euphémie, qui ne faisait rien sans
rire et chanter ; sa mère, qui était jeune encore, et qui avait une jolie voix, l'accompagnait ;
le soir, quand il faisait beau, elles allaient se
promener dans la campagne : Euphémie, qui
avait été renfermée toute la journée, jouissait
avec transport du beau temps, de la fraîcheur
de l'air ; contente d'avoir bien travaillé dans la
journée, elle pensait avec plaisir à ce qu'elle
avait à faire le lendemain. A l'entendre, à la
voir, on l'eût regardée comme la plus heureuse

personne du monde. Elle était heureuse en effet, car elle ne faisait point de mal, elle n'avait
point de fantaisies qui la tourmentassent, elle
ne s'ennuyait jamais, et employait toujours
son temps d'une manière utile.

Madame de Livonne était si économe, et pro-
portionnait tellement sa dépense à ce qu'elles
gagnaient elle et sa fille, que depuis qu'elles
s'étaient mises à travailler pour vivre, elles
n'avaient jamais été embarrassées. Mais elle
tomba malade; elle fut même en danger. Euphémie, quand elle vit sa mère en convales-
cence, se sentit si joyeuse, qu'elle ne pensa
guère à la situation où elles allaient se trouver. Presque tout l'argent avait été dépensé
pendant que madame de Livonne ne pouvait
travailler, et qu'Euphémie, occupée à soigner
sa mère, toujours le cœur gros et les yeux
pleins de larmes, ne travaillait guère. Ce
n'était pas ce qu'avait mangé pendant ce temps
la pauvre Euphémie, qui avait coûté beaucoup
d'argent; mais il avait fallu des drogues et du
bouillon pour sa mère. A la vérité, plusieurs
personnes de la ville, qui estimaient madame
de Livonne à cause de son courage et de ses

vertus, lui envoyaient différentes choses dont elle avait besoin; mais ces secours avaient cessé dès qu'elle avait été mieux; et madame de Livonne elle-même, pour ne pas abuser de leurs bontés, avait dit qu'ils ne lui étaient plus nécessaires. Elles se trouvaient donc dans un tel dénuement, qu'aussitôt que madame de Livonne eut repris un peu de forces, elle résolut d'aller à un bourg situé à deux lieues de la ville qu'elle habitait, chercher de l'argent qu'on lui devait pour de l'ouvrage qu'elle avait livré avant sa maladie.

Elles se mirent en route un matin de bonne heure; au moment où elles partaient, la fille de Mathurine vint les trouver: c'était dans cette ville-là qu'elle était en service, et c'était à l'endroit où elles allaient qu'habitait Mathurine. Comme elle les connaissait, parce qu'elles travaillaient pour sa maîtresse, sachant qu'elles allaient dans le bourg, elle les pria de remettre à sa mère le louis que lui avait donné Victorine. Elles s'en chargèrent volontiers et partirent gaiement. Euphémie était contente de jouir de l'air du matin, que malgré les représentations de sa mère, qui lui rappelait qu'elles avaient quatre lieues à faire dans la journée, elle ne pouvait s'empêcher de sauter et de courir en avant, et dans la campagne des deux côtés du chemin, en sorte que, comme le soleil commençait à devenir chaud, elle eut bientôt soif, d'autant qu'elle avait mangé, en courant, un bon morceau de pain. Elle le dit à sa mère, qui l'exhorta à prendre courage, puisqu'il n'y avait aucun moyen de se désaltérer. Elle n'en parla plus, pour ne pas affliger inutilement sa mère; mais tout d'un coup elle poussa un cri de joie.

— Ah! maman! je vois un homme qui vend des groseilles; nous en pourrons acheter une livre pour nous rafraîchir.

— Ma pauvre enfant, lui dit sa mère, tu sais bien que nous n'avons pas d'argent.

— Je croyais, reprit timidement Euphémie, que cela ne serait pas bien cher.

— Mais je n'en ai pas du tout, mon Euphémie, rien du tout absolument.

— Je pensais, maman, que cet homme pourrait nous changer le louis d'or de la vieille Mathurine, à qui nous aurions rendu, en arri-

vant, son argent et ce que nous aurions em-
prunté dessus.

— Nous n'avons pas la permission de Mathurine ni de sa fille pour emprunter sur cet argent ; ce n'est pas pour cela qu'on nous l'a
donné.

— Ah ! je suis sûre, dit tristement Euphémie, que si elles savaient comme j'ai soif, elles
nous prêteraient de bien bon cœur de quoi
acheter une livre de groseilles.

—Ma pauvre enfant, reprit sa mère plus tristement encore, nous ne pouvons être sûres que
de notre volonté, ni disposer que de ce qui
nous appartient ; dès que cet argent n'est pas à
nous, n'est-ce pas comme si nous ne l'avions
pas ?

En disant ces mots, elle passa son bras autour du cou de sa fille et la pressa tendrement,
en la regardant d'un air affligé, comme pour la
prier de ne pas lui demander davantage une
chose qu'elle ne pouvait pas faire. Euphémie
baisa la main de sa mère en tournant la tête,
pour ne pas voir le panier de groseilles, qui
passait en ce moment près d'elles ; et comme
elle entendit sa mère soupirer profondément,

elle s'arma de résolution pour ne pas la chagri-
ner davantage.

— As-tu toujours bien soif? lui demanda madame de Livonne quelque temps après.

Elle reprit gaiement : Je n'en mourrai pas ; et
elle se mit à sauter pour faire voir qu'elle n'é-
tait pas accablée par la soif et la chaleur. Cependant elle était très-rouge, sa mère la regardait avec inquiétude, et voyait qu'elle souffrait
véritablement. Madame de Livonne s'arrêta, et
jeta ses regards autour d'elle : « Ecoute, Euphémie, dit-elle à sa fille, il est possible que
derrière cette élévation qui domine le chemin,
nous trouvions un fond et peut-être de l'eau,
montes-y. »

Euphémie monta, et d'abord ne vit rien
qu'une grande plaine toute couverte de blé,
sans un seul arbre, sans la moindre verdure
qui indiquât de l'eau. Pour le coup elle fut
prête à pleurer : elle se leva sur la pointe de
ses pieds ; et malgré le soleil qui lui dardait sur
la tête, elle ne pouvait se résoudre à descendre et à renoncer à l'espérance de se désaltérer.
Enfin, assez près de l'endroit où elle se trouvait, elle entend aboyer un chien. Après l'a-

voir entendu plusieurs fois, elle remarque qu'il
aboie toujours à la même place, que c'est d'ailleurs la voix d'un gros chien et non pas celle
d'un chien de berger. Elle juge qu'il est à la
porte d'une maison, court du côté où elle l'entend, et pleine de joie, aperçoit une maison que
lui cachait l'élévation sur laquelle elle se trouvait. Elle crie à sa mère, qui lui dit d'y aller,
et la suit; et avant qu'elle soit arrivée, Euphémie a déjà bu un grand verre d'eau mêlée d'un
peu de vin que lui a donné une bonne femme,
quoiqu'Euphémie lui eût dit qu'elle ne voulait
pas de vin, parce qu'elle n'avait pas d'argent
pour payer. Elle en a demandé un pour sa
mère, a couru au-devant d'elle; et madame de
Livonne, heureuse de voir la pauvre Euphémie
rafraîchie et consolée, a oublié la moitié de sa
fatigue.

Après s'être bien reposées et avoir bien re-
mercié la bonne femme, qui leur indiqua, pour
se rendre à la ville, un chemin plus agréable et
plus court que la grande route, elles se mirent
en marche. Euphémie, toute ranimée, ne cessait
de se féliciter de son bonheur et un peu de son
esprit d'avoir deviné qu'il y avait là une maison.

— Avoue, lui dit sa mère, que tu n'en aurais
pas eu autant si tu n'avais pas eu si soif.

Nécessité, d'industrie est la mère.

— Oh ! sûrement, reprit Euphémie ; si j'avais
mangé les groseilles, nous n'aurions pas cherché les moyens de boire, et je n'aurais pas eu
ce bon verre d'eau et de vin qui m'a bien mieux
désaltérée.

Comme elles parlaient ainsi, elles virent arriver à elles une pauvre femme portant un tout
petit enfant très-pâle, et si faible, qu'il ne pouvait soutenir sa tête : elle-même était d'une
maigreur effrayante, et l'on voyait que ses
yeux étaient rouges et creusés à force de pleurer : elle leur demanda la charité.

— Mon Dieu, nous n'avons rien ! dit Euphémie du ton le plus douloureux.

— Seulement de quoi acheter quelque chose
pour mon pauvre enfant, à qui je ne puis plus
donner de lait depuis deux jours ; seulement
pour l'empêcher de mourir.

— Je n'ai rien, rien du tout, disait madame
de Livonne avec une angoisse inexprimable.
Alors la pauvre femme s'assit par terre et se

mit à pleurer. Euphémie, le cœur déchiré, joignit les mains et s'écria :

— Maman, maman, laisserons-nous mourir de faim ce pauvre enfant et sa mère ? cela ne serait-il pas plus mal que d'emprunter l'argent de Mathurine ? Nous sommes encore près de la maison, laissez-moi aller changer le louis.

Madame de Livonne, les yeux baissés, avait l'air de réfléchir.

— Euphémie, lui dit-elle, as-tu oublié que, puisque cet argent n'est pas à nous, c'est comme si nous ne l'avions pas ?

Euphémie se mit à pleurer avec amertume en cachant son mouchoir dans ses mains. La pauvre femme les voyant arrêtées, s'était relevée et rapprochée de madame de Livonne.

— Pour l'amour de Dieu, dit-elle, pour qu'il conserve votre demoiselle, ayez pitié de mon pauvre enfant.

— Dites-moi, lui demanda madame de Livonne, aurez-vous la force d'aller jusqu'à la ville ?

La pauvre femme lui ayant dit qu'elle le pourrait, madame de Livonne tira de sa poche un dessus de lettre sur le revers duquel elle écrivit avec un crayon quelques lignes, qu'elle lui dit d'aller porter au curé de la ville qu'elle habitait, l'assurant qu'il la soulagerait. Euphémie entendit la pauvre femme remercier sa mère, et osa enfin tourner sur elle son visage couvert de larmes; l'expression de sa pitié sembla faire entrer un rayon de consolation dans l'âme de cette infortunée. Elle regardait alternativement son fils et puis Euphémie, comme pour dire à l'enfant de remercier aussi. Euphémie se souvenant alors qu'elle avait dans son sac un morceau de pain de reste de son déjeuner, le donna à la pauvre femme, qui s'éloigna en les comblant de bénédictions, car elle voyait bien qu'elles avaient fait tout ce qui était en leur pouvoir. Elles s'éloignèrent le cœur soulagé, mais sérieuses. Euphémie ne pouvait plus parler que de la pauvre femme.

— Tu vois, mon enfant, lui disait sa mère, qu'il y a quelquefois dans la vie de terribles tentations.

— Oh maman ! si terribles, que je ne sais comment il est possible d'y résister.

— En se persuadant bien qu'il n'y a rien de

réellement impossible que de manquer à son devoir.

— Mais, maman, si vous n'aviez pas eu la ressource d'écrire à monsieur le curé, auriez-vous pu vous résoudre à laisser mourir la pauvre femme, pour ne pas entamer le louis de Mathurine?

— J'aurais plutôt demandé pour elle.

Cette réponse, en prouvant à Euphémie qu'il y avait toujours des ressources pour celui qui a le courage d'employer toutes celles qui sont permises, rassura un peu son cœur, effrayé de l'austérité de certains devoirs.

Elles arrivèrent enfin au bourg. Une des deux personnes à qui madame de Livonne avait affaire demeurait à l'entrée : elle fut un peu inquiète en voyant les volets de la maison fermés; cependant elle la demanda : une seule servante, demeurant dans la maison, lui dit que sa maîtresse était partie pour aller à trente lieues de là voir sa sœur qui était malade. Euphémie regarda sa mère d'un air consterné; cependant elle pensa en même temps qu'il était bien heureux de n'avoir pas entamé le louis de Mathurine. Elles allèrent chez l'autre pratique, elle ne demeurait plus dans le bourg. Une voisine leur dit qu'elle n'y avait habité qu'en passant, et qu'on ne savait pas où elle était allée. En recevant cette réponse, madame de Livonne s'assit sur un banc. Sa fille la vit pâlir et s'appuyer comme si elle allait se trouver mal. En effet, son courage l'avait soutenue jusqu'alors contre la faiblesse qui lui était restée de sa maladie, la fatigue de la route, et le chagrin que lui avait fait éprouver un premier mécompte ; mais en ce moment ses forces l'abandonnèrent, et elle s'évanouit tout-à-fait. Euphémie auprès d'elle, tremblante, désolée, l'embrassait tant qu'elle pouvait, l'appelait, la secouait pour la faire revenir. Elle n'osait la quitter pour aller chercher du secours : élevée dans les habitudes de retenue, elle n'osait crier, et il ne passait personne, tout le monde était aux champs. Enfin la voisine qui leur avait parlé sortit une seconde fois de sa maison. Euphémie l'appela, lui montra sa mère : deux autres vieilles femmes arrivèrent et s'empressèrent à la faire revenir. Madame de Livonne ouvrit les yeux et les tourna sur sa fille, qui, à genoux près d'elle, lui baisait les mains, et lui disait, transportée de joie : «Maman, me voilà ; » car en ce moment elle ne pensait qu'au bonheur qu'elles avaient de se retrouver.

Cependant l'inquiétude lui prit bientôt sur la manière de retourner à la ville : sa mère lui disait de ne se pas tourmenter, que ses forces allaient revenir, et à chaque moment elle était près de retomber en faiblesse. Toutes les fois qu'elle fermait les yeux, Euphémie pâlissait, et, prête à éclater en pleurs, se retenait pour ne pas la tourmenter, et répétait seulement à demi-voix, en joignant les mains : « Mon Dieu ! qu'allons-nous faire? comment reviendrons-nous ! » Une des femmes lui dit qu'il passerait dans deux heures une voiture qui pourrait les ramener; mais Euphémie savait bien qu'elles n'avaient pas d'argent pour payer les places, et puis il lui paraissait impossible que sa mère, faible comme elle était, se remît en route sans avoir pris quelque chose. Il ne lui vint pourtant pas une seule fois l'idée de se servir de l'argent de Mathurine ; mais tout d'un coup elle pensa que si elle le lui portait, Mathurine pourrait lui prêter quelque chose sur son louis. Enchantée de cette idée, elle oublie sa timidité : elle se hâte de chercher le louis dans la poche de sa mère, prie une des femmes qui se trouvaient là de l'accompagner chez Mathurine, regarde sa mère, qui d'un signe lui permet d'y aller, et part.

Elle va si vite, que la femme qui l'accompagne a peine à la suivre : le cœur lui bat ; elle arrive, la porte est fermée ; Mathurine est allée à quatre lieues faire la moisson, et ne reviendra que le lendemain. Euphémie regarde celle qui lui annonce cette nouvelle, et ne dit rien ; elle ne pourrait parler, son cœur s'est gonflé, et ses idées se sont troublées à tel point en apprenant cette nouvelle, qui lui ôte sa dernière espérance, qu'heureusement pour elle elle ne sent plus tout le malheur de sa situation. Elle revient lentement, regardant machinalement autour d'elle, comme pour chercher des yeux quelqu'un qui lui donne du secours ; elle ne voit que des gens qui tous ont l'air plus pauvres qu'elle, et pourtant elle sent bien qu'en ce moment aucun n'est aussi malheureux. Cependant des postillons font retentir l'air du bruit de leurs fouets ; une voiture en poste arrive, et s'arrête devant la poste ; elle remplit toute la rue, qui est étroite, et oblige Euphémie et sa conductrice de s'arrêter. Une dame, son mari, sa fille et sa femme de chambre sortent de la voiture. Ils sont bientôt entourés de pauvres qui leur demandent l'aumône. Cette vue fait pleurer Euphémie sans qu'elle sache bien pourquoi. Elle regarde, elle écoute cette dame, qui parle d'une voix si douce, son mari, dont la figure est bonne et aimable, cette jeune fille à peu près de son âge : elle ne peut se résoudre à passer. Elle entend le mari dire d'un ton de bonté aux pauvres qu' le sollicitent : « Mes enfants, je ne donne point ici ; mais venez à Béville, demandez le château, et je vous ferai donner de l'ouvrage. »

Euphémie est tout d'un coup frappée d'une idée : on peut aussi lui donner de l'ouvrage ; elle s'élance dans la cour sans avoir peur des chevaux qui la traversaient, arrive devant la dame, qui était prête à entrer dans la maison ; mais une fois arrivée, elle s'arrête, baisse les yeux, et n'ose parler.

Madame de Béville (c'était le nom de la dame) voyant devant elle une jeune fille proprement mise et toute en pleurs, lui demande avec dou-

cœur ce qu'elle veut. Euphémie hésite, balbu-
tie, mais enfin la pensée que sa mère l'attend
et s'inquiète peut-être, lui fait faire un effort;
et les mains jointes et serrées, les yeux fermés
parce qu'elle n'a pas le courage de les ouvrir
sur madame de Béville :

— Faites-moi donner aussi de l'ouvrage!
dit-elle à voix basse.

— De l'ouvrage, ma petite! je le veux bien;
mais comment? quel ouvrage?

Euphémie ne pouvait prendre sur elle de
continuer.

La jeune fille s'approche, et lui dit de la manière la plus encourageante :

— Parlez donc à maman.

Alors Euphémie reprend de la même manière :

— Mais c'est qu'il faudrait me le payer
d'avance, tout de suite; et après, conti-
nue-t-elle en levant la tête et du ton le plus
animé, après je travaillerai pour vous autant,
aussi longtemps que vous le voudrez.

Elle s'arrête tremblante. Madame de Béville
l'interroge avec bonté. Euphémie lui raconte
l'embarras où elle se trouve, mais tandis qu'elle

parle, le louis d'or qu'elle tenait dans sa main tombe à terre. La jeune fille le ramasse et le lui rend en rougissant, affligée de ce qu'elle croit qu'Euphémie avait cherché à les tromper.

— Mon enfant, lui dit madame de Béville d'un ton de reproche, pourquoi m'avez-vous dit que vous n'aviez pas d'argent?

— Il n'est pas à nous, répond Euphémie avec simplicité, on nous l'a confié pour le remettre à quelqu'un, ainsi nous ne pouvons y toucher.

La jeune fille émue regarde sa mère, qui embrasse Euphémie, et lui demande de la conduire où elle a laissé la sienne, quand madame de Livonne entre dans la cour, soutenue par monsieur de Béville, qui l'avait reconnue pour l'avoir vue souvent à Paris, et qui prie sa femme de se joindre à lui pour engager madame de Livonne à venir passer quelques jours chez eux pour se rétablir.

Madame de Béville, profondément attendrie de ce que lui a raconté Euphémie, serre les mains de madame de Livonne, et la presse du ton le plus touchant : madame de Livonne regarde Euphémie, qui lui sourit d'un air de dé-

sir, et que la jeune fille a déjà prise sous le
bras comme pour l'emmener; elle ne peut
s'empêcher de consentir. On monte dans la voiture de madame de Béville, que ses chevaux
étaient venus chercher pour la conduire dans
son château, situé à quelques lieues de là.

Euphémie ne pouvait suffire à la joie qu'elle
éprouvait de voir sa mère bien assise dans
cette bonne voiture, entourée de personnes
qui avaient soin d'elle, et de penser aux char-
mantes journées qu'elle allait passer à Béville.
Le louis d'or fut envoyé le lendemain à Mathurine par une personne de confiance. Madame
de Livonne n'avait besoin que de repos; elle
se rétablit bientôt parfaitement. Monsieur et
madame de Béville, enchantés des principes
qu'elle avait donnés à sa fille, et sachant d'ailleurs qu'elle était instruite et remplie de ta-
lents, lui dirent que comme ils ne pouvaient
avoir à la campagne, où ils demeuraient une
grande partie de l'année, les maîtres qu'ils dé-
siraient pour leur fille, ils seraient bien heureux si elle voulait consentir à s'établir chez
eux pour les aider dans son éducation. Madame
de Livonne, quoiqu'elle eût préféré rester indé-

pendante, accepta une proposition qui assurait à Euphémie une existence plus douce, et probablement une protection utile. Pour Euphémie, au comble du bonheur de penser qu'elle allait vivre avec mademoiselle de Béville, qu'elle avait déjà prise dans la plus grande amitié, elle se félicitait avec sa mère de cette bonne fortune, et remarquait qu'elle ne leur serait point arrivée, si elles eussent eu la faiblesse d'entamer le louis d'or de Mathurine.

. — Nous avons fait notre devoir, dit-elle, et Dieu nous a récompensées.

— Mon enfant, lui dit sa mère, notre situation actuelle est un bienfait de Dieu, mais non une récompense.

— Et pourquoi donc, maman?

— C'est que ce n'est pas là la récompense qu'il réserve à l'accomplissement des devoirs. Souviens-toi de ce vers que je t'ai fait lire l'autre jour dans un livre anglais :

What then I is the reward of virtue bread? (1)
Eh quoi ! du pain, est-ce la récompense de la vertu?

Ce n'est pas en donnant aux honnêtes gens

(1) Pope, *Essai sur l'homme.*

de quoi vivre que Dieu les récompense, c'est
en leur donnant la satisfaction de s'être bien
conduits et de lui avoir obéi. Ils n'en ont quelquefois pas d'autre dans ce monde; ils sont
quelquefois malheureux toute leur vie : penses-tu pour cela que Dieu soit injuste à leur
égard?

— Non, maman.

— Eh ! ne penses-tu pas que parmi ces honnêtes gens si malheureux il doit y en avoir qui
auront trouvé des devoirs bien plus difficiles à
remplir que les nôtres, et qui les auront remplis sans obtenir pour cela ce que tu regardes
comme une récompense?

— Oh ! maman, bien certainement.

— Il n'est donc pas vraisemblable que Dieu
ait voulu nous récompenser plus que d'autres
qui avaient plus de mérite que nous.

— Mais, maman, c'est cependant parce que
nous avons fait notre devoir que nous nous
trouvons si bien à présent.

— Oui, mon enfant, et cela doit arriver souvent ainsi, par une raison fort simple. Dieu,
qui a voulu que l'accomplissement des devoirs
fût récompensé par la satisfaction de la con-

science, a permis aussi que le bonheur fût ordinairement le partage de ceux qui se donnent le plus de peine pour y parvenir. Or, il est certain que celui qui ne s'embarrasse pas de manquer à son devoir ne se donne pas la peine, dans l'occasion, de chercher des ressources plus difficiles que celle-là.

— Cela est clair.

— Au lieu que ceux qui ne veulent pas y manquer emploient tout leur esprit à chercher d'autres moyens, et comme l'a dit l'Evangile : *Cherchez et vous trouverez.* Ainsi il pourra arriver souvent que la peine qu'on prendra pour ne pas manquer à son devoir vous fasse trouver des ressources très-avantageuses, auxquelles vous n'auriez pas pensé sans cela.

— Oui, maman, c'est ici tout de même que pour la livre de groseilles. Si, quand je vous ai vue si mal, j'avais cru pouvoir entamer le louis de Mathurine, je n'aurais pas pensé à m'adresser madame de Béville, ce qui nous a été bien plus avantageux.

En ce moment arriva la pauvre femme qu'elles avaient rencontrée sur le chemin : son enfant était rétabli ; elle-même, quoique bien maigre encore, avait l'air content : le curé l'avait soulagée d'abord et l'avait ensuite adressée à une manufacture où on lui avait donné de l'ouvrage. Assurée de sa subsistance, elle venait faire part de son bonheur à celles qui le lui avaient procuré, et porter son enfant à embrasser à mademoiselle Euphémie, *à présent qu'il était redevenu beau.*

— Maman, maman, dit Euphémie en le comblant de caresses, c'est encore pour ne pas entamer le louis de Mathurine que vous les avez envoyés à monsieur le curé. Mon Dieu ! que ce louis-là nous a fait de bien !

—

Ici monsieur de Cideville s'arrêta.

— Est-ce donc fini ? demanda Ernestine.

— Oui, lui dit son père, je crois que c'est là toute l'histoire du louis d'or, et que de la vieille Mathurine il est venu à moi sans aventures.

— Ah ça ! papa, reprit Ernestine, vous m'aviez défendu de vous questionner là-dessus jusqu'à la fin de l'histoire ; mais n'est-il pas vrai que vous n'avez pu savoir si toutes les aventures que vous m'avez racontées sont réellement arrivées au louis d'or que vous m'avez montré?

Monsieur de Cideville sourit, et lui dit :

— Il est vrai que je ne sais pas bien si ces aventures sont réellement arrivées; mais tu conviendras qu'elles sont possibles.

Ernestine en convint.

— Tu conviendras aussi que si quelques-unes sont un peu romanesques, quelques autres, au moins, sont vraisemblables.

Elle en convint encore.

— Eh bien! ma fille, reprit monsieur de Cideville, c'est faute de savoir la vérité, et faute d'imagination pour y suppléer, que je ne t'ai pas conté d'autres histoires, toutes plus simples et plus intéressantes que les miennes, où tu aurais vu un louis d'or, et même bien moins que cela, prévenir les plus grands malheurs. Représente-toi une famille qui n'aurait rien eu à manger pendant trois jours : peux-tu te figurer le transport avec lequel serait reçu un louis d'or qui donnerait à ces infortunés le temps d'attendre, sans mourir, quelques autres secours capables peut-être de les sauver tout-à-fait? Et le malheureux à qui l'excès de la misère trouble la raison au point d'attenter à sa propre existence, doutes-tu qu'un louis d'or ne pût souvent, en retardant le moment du désespoir, lui laisser le temps de revenir à des sentiments plus calmes et de chercher d'autres ressources qu'une action coupable? Je ne te donne que deux exemples ; mais, je te le répète, il y en a mille auxquels on ne peut songer, sans perdre toute envie de dépenser un louis d'une manière frivole.

—Mais, mon papa, dit Ernestine, il n'est donc jamais permis de dépenser un louis pour son plaisir.

—Mon enfant, dit monsieur de Cideville, si on s'imposait des devoirs trop sévères sur un point, on courrait risque de manquer à d'autres devoirs. Il y en a de proportionnés à toutes les situations : ceux des gens qui jouissent d'une certaine aisance, c'est d'avoir dans le monde un état proportionné à leur fortune, de cultiver la société, qu'on ne peut cultiver sans quelques dépenses, et qui est une chose bonne à entretenir, parce qu'elle lie les hommes entre eux, et les met à portée de s'instruire mutuellement.

Cela est bon aussi pour les pauvres gens,
à qui les dépenses des riches donnent les
moyens de tirer parti de leur travail et de
nourrir leur famille. Il faut aussi que les gens
occupés des travaux sérieux, comme je le suis
tous les matins dans mon cabinet, puissent
quelquefois se reposer l'esprit par des occupa-
tions moins graves, sans quoi ils finiraient par
perdre les moyens de remplir les devoirs de
leurs places. C'est à tout cela que sont bonnes
et nécessaires les dépenses qui ne paraissent
pas directement utiles. Mais un esprit accou-
tumé à connaître la valeur des choses distin-
gue bien facilement ces sortes de dépenses de
celles qui sont véritablement ce qu'on appelle
jetées dans l'eau; et il n'est jamais tenté de
celles-ci, tandis qu'il se permet les autres sans
remords. Je conçois à merveille, ma chère Ernestine, que tu puisses te tromper sur tes plaisirs ; à ton âge, tout plaisir paraît bien important; mais je veux du moins que tu connaisses
le prix de ce que tu veux y employer : ainsi je
te promets de te donner ce louis quand tu m'en
auras trouvé un emploi vraiment utile.

Ernestine enchantée promit de le chercher. Nous verrons alors si elle le trouva.

Ernestine pendant huit jours ne rêva qu'à son louis et à l'emploi qu'elle en pourrait faire; mais elle n'en trouvait aucun qui lui convînt. Les histoires de son père l'avaient fait réfléchir sur ce qui pouvait être réellement utile; et comme ses parents fournissaient abondamment à tout ce qui lui était nécessaire, et s'occupaient même beaucoup de ses plaisirs toutes les fois qu'ils n'étaient pas déraisonnables, elle ne voyait rien pour elle qui pût motiver l'emploi du louis; aussi son projet était-il de l'appliquer à quelque action de bienfaisance. Mais Ernestine, à son âge, ne pouvait savoir comment on fait le bien. Il lui arrivait souvent de rencontrer des pauvres, et elle aimait à leur donner; mais comme son petit revenu de tous les mois suffisait à peu près à cette charité, elle aurait été bien fâchée d'y employer le louis : elle ne savait pas si l'un de ces pauvres éprouvait plus de besoins que les autres; elle n'aurait su comment s'y prendre pour le savoir. Elle était dans une grande anxiété, la saison

9

des soirées l'on tira : Ernestine en eut cinq ou
six ; de sa vie elle n'avait encore tant dansé,
la tête lui tournait de joie, elle oublia le louis,
que, comme de raison, elle n'aurait jamais eu
l'idée de demander pour servir à sa parure. Le
moment de partir pour la campagne arriva. En
voyant son père payer à la poste, elle se souvint du louis, et en parla à monsieur de Cideville, qui lui dit que c'était à la campagne
qu'elle en trouverait le plus sûrement l'emploi,
car c'était là qu'on pouvait faire le plus de
bien avec le moins d'argent.

Ils n'étaient arrivés que depuis peu de jours
à la Saulaye, terre de monsieur de Cideville,
lorsqu'Ernestine accourut toute essoufflée dire
à son père qu'il lui fallait son louis ; qu'une
femme du village, Marianne, qu'il connaissait
bien, et qui avait fait ses foins l'année d'avant,
venait d'avoir la jambe cassée dans les champs,
d'un coup de pied de cheval.

Le chirurgien de la ville voisine, qui était
aussi celui du château, avait heureusement
passé par-là tandis qu'elle était par terre à jeter les hauts cris ; il la lui avait remise sur-le-
champ, et l'avait fait reporter chez elle, mais

ce n'était pas tout, Marianne allait avoir besoin de remèdes, elle était pauvre; son mari était à l'armée, elle n'avait que son très-petit jardin et son travail pour se nourrir, elle et une petite fille de huit ans. Il était donc absolument nécessaire de venir à son secours.

Monsieur de Cideville en convint.

— Mais, dit-il à sa fille, as-tu bien réfléchi sur la manière dont tu dois employer ton louis pour le lui rendre aussi utile qu'il sera possible?

— En le lui donnant, mon papa, elle achètera avec ce qui lui sera nécessaire.

— Crois-tu qu'elle puisse acheter beaucoup de choses ?

— Mon Dieu, non; mais c'est toujours cela.

— Mais si tu pouvais le faire fructifier de manière à ce qu'il lui fît beaucoup de profit? Te souviens-tu du parti qu'a tiré d'un louis d'or la famille de la Fère ?

— Mais, mon papa, leur histoire n'est pas vraie, dit vivement Ernestine.

— Il suffit qu'elle soit possible.

— Oui; mais s'il fallait, dit Ernestine d'un

air chagrin et embarrassé, se mettre comme eux au pain et à l'eau..

— Tu n'en es pas réduite à cette extrémité; c'est un de ces partis qu'il faut avoir le courage de prendre quand la nécessité l'exige, mais qui sont ridicules quand ils ne sont pas nécessaires.

Ces mots rendirent à Ernestine sa gaieté.

— Pendant que nous parlons, dit-elle à son père en le caressant, la pauvre Marianne ne sait pas que nous viendrons à son secours.

Son père la rassura. Monsieur de Cideville avait su l'accident avant qu'Ernestine vînt le rapporter, et avait donné ordre à la concierge, qui était une personne de confiance, de voir pour le moment ce qui était nécessaire à Marianne.

— Mais ensuite, dit monsieur de Cideville, c'est toi que nous chargerons d'avoir soin qu'il ne lui manque rien : crois-tu que ton louis y suffise?

— Oh! mon Dieu, non; comment donc faire?

— De quoi penses-tu qu'elle ait besoin?

— Mais d'abord il faut qu'on la soigne, elle

ne peut rien faire elle-même, et Suzette, sa fille, est trop petite pour la servir.

— Plusieurs de ses voisines sont autour d'elle, et, j'en suis sûr, se relayeront pour la garder et la soigner aussi longtemps qu'elle en aura besoin. Tu vois déjà ce que peuvent faire sans argent ces pauvres femmes.

— Je ne puis pas faire comme elles.

— C'est pour cela qu'il faut faire autre chose. N'a-t-elle pas ensuite besoin de remèdes ?

— Il faut bien en acheter.

— La plupart des herbes dont se composeront probablement ses tisanes, ses cataplasmes, viennent naturellement dans les champs ; nous les connaissons, et nous t'apprendrons à les connaître : si tu veux employer tes promenades à les chercher, tu pourras amasser, je crois, sans peine, une bonne provision des plus nécessaires. Nous les montrerons au chirurgien pour savoir si nous ne nous sommes pas trompés.

— Voilà encore le chirurgien auquel je ne pensais pas, et qu'il faudra payer.

— C'est le chirurgien du château ; nous avons fait avec lui marché à l'année, nous le recevons bien, et il est content de nous ; c'est d'ailleurs un fort honnête homme, et par humanité autant que par complaisance, il soigne gratis les pauvres gens du village ; et quelques présents des choses que nous recueillons ici, une pièce de notre vin, lui marquent de temps en temps notre reconnaissance.

— Mais, papa, tout cela, c'est vous, ce sont les autres qui le font, ce n'est pas moi.

— Tu ne peux presque rien par toi-même, mon enfant, puisque tu n'as ni force ni possessions ; mais par la raison que tu dépends de nous pour tout ce que tu désires, tu dois compter au nombre de tes moyens le plaisir que nous avons à t'obliger dans les choses raisonnables, la disposition même qu'on aura à faire ce que tu demanderas lorsque tu demanderas des choses justes.

— Oh ! mon papa, demander, cela est si difficile ! je n'en aurais jamais le courage.

— C'est en cela, mon enfant, que consiste souvent le plus grand mérite de la charité ; je pourrais te conter là-dessus des histoires admirables. Pour faire le bien, il faut souvent savoir vaincre l'orgueil, qui fait qu'on n'aime pas à avoir recours aux autres; la paresse, qui fait qu'on n'aime pas à agir, à se remuer; l'indolence ou l'étourderie, qui fait qu'on laisse perdre mille choses qui pourraient être utiles. Il faut savoir inventer les moyens de faire beaucoup avec peu, sans cela on ne vient jamais à bout de rien. Ceux qui ne donnent que de l'argent ont bientôt épuisé tout ce qu'ils en peuvent donner, au lieu que les inventions de la charité pour secourir les malheureux sont inépuisables.

— Papa, je vous prierai de m'apprendre à connaître les herbes; mais je vous assure que j'ai bien peur de ne rien inventer de plus.

— Tu verras : en attendant, voilà ton louis; si tu m'en crois, tu ne t'en serviras que pour acheter ce que tu ne pourrais avoir autrement. Pour le reste, cherche les moyens de te le procurer. Il y a toujours dans une maison un peu considérable plusieurs choses qu'on peut donner sans que cela fasse une dépense positive; car elles seraient perdues ou à peu près. Tu peux nous les demander, et nous t'aiderons de tout notre cœur, de cette manière, à soulager

Marianne, que je remets dès ce moment à tes soins.

Ernestine, un peu effrayée de cette tâche qu'elle avait peur de ne pas bien remplir, se sentait cependant fière et heureuse d'avoir quelqu'un sous sa protection. Madame de Cideville étant entrée en ce moment, son mari lui fit part de la mission importante dont il venait de charger sa fille ; et comme un domestique vint dire que la mère Marguerite, une des femmes qui soignaient Marianne, demandait pour elle du vieux linge :

— C'est à Ernestine, dit madame de Cideville, qu'il faut s'adresser.

Ernestine la regarda d'un air tout interdit, et dit :

— Mais, maman, je n'ai pas de vieux linge.

— Et tu n'imagines pas de moyens d'en avoir ?

— Madame Bastien (c'était le nom de la concierge) en a bien. Les vieux draps et les vieilles serviettes de la maison lui servent à faire des bandes ; mais elle se fâche toujours quand on lui en demande. L'année passée, quand ma bonne a eu mal au pied, elle n'osait presque jamais lui en demander.

— Il faut pourtant que d'ici à demain tu tâches d'en obtenir; car c'est demain qu'on en aura besoin pour Marianne.

— Maman, si vous disiez à madame Bastien de m'en donner?

— Elle t'en donnerait, sûrement; mais crois-tu que ce fût avec moins d'humeur? Elle sait bien que je veux qu'elle en donne à tous ceux qui en ont besoin; mais comme il faut qu'elle en donne à beaucoup de gens, elle a peur que chacun n'en prenne trop; peut-être aussi aime-t-elle un peu à faire valoir son autorité; ainsi tu peux être sûre qu'elle fera de meilleure grâce ce qu'elle fera pour t'obliger que ce que je lui ordonnerai.

Ernestine, en sortant, rencontra la mère Marguerite; elle lui dit qu'elle tâcherait d'avoir du linge à lui envoyer pour le lendemain. La mère Marguerite répondit que cela était absolument nécessaire, sans quoi on ne pourrait pas changer les cataplasmes de Marianne. Ernestine était bien embarrassée; elle avait peur de madame Bastien, qui était depuis trente ans dans la maison, où elle avait une grande autorité. Les domestiques la craignaient, parce qu'elle était exacte et économe; et sans savoir pourquoi, Ernestine faisait comme eux. Elle aurait bien voulu en ce moment que son père et sa mère se fussent chargés eux-mêmes du soin de pourvoir aux besoins de Marianne; elle y voyait une foule d'embarras dont elle ne savait comment se tirer, mais elle n'osait le dire; elle restait toute pensive à la place où l'avait laissée la mère Marguerite, quand elle vit venir madame Bastien; elle rougit bien fort, parce qu'elle songeait à ce qu'elle avait à lui demander, et se baissa comme pour regarder son hortensia, qui était placé sur le perron, du côté de la cour. Madame Bastien s'arrêta à le regarder, et dit qu'il était bien beau. Ernestine qui cherchait à prolonger la conversation, lui montra les deux boutures qu'elle avait faites l'année précden...; elles portaient chacune deux boules qui commençaient à grossir. Madame Bastien les admira aussi.

— Les voulez-vous, madame Bastien? lui demanda avec empressement Ernestine. Madame Bastien s'excusa sur ce qu'elle ne voulait pas l'en priver.

— Oh! si fait, si fait, dit Ernestine; et prenant les deux pots sous ses bras, elle descend légèrement l'escalier, et va en courant les placer sur la fenêtre de la salle basse où travaillait ordinairement madame Bastien, qui la suit en la remerciant beaucoup de ce présent auquel elle paraît fort sensible, et en admirant les hortensias. Ernestine va chercher de l'eau pour les arroser, en essuie les feuilles, change les petits bâtons destinés à les soutenir, et qui commençaient à devenir trop courts. Madame Bastien ne sait comment la remercier de tant d'attentions.

— Madame Bastien, lui dit Ernestine en attachant le dernier *tuteur*, ne pourriez-vous pas me donner un peu de vieux linge pour la pauvre Marianne? maman m'a permis de vous en demander.

— Très-volontiers, dit madame Bastien de l'air de la meilleure humeur du monde, d'autant que la pauvre femme en aura bien besoin, elle est là pour longtemps; et elle emmène Ernestine dans la lingerie, où elle lui fait un gros paquet de vieux linge qu'Ernestine emporte le cœur palpitant de joie, et qu'elle va en triomphe montrer à sa mère, qui lui permet de le porter elle-même à Marianne. Tandis que sur le perron elle attend sa bonne pour sortir, elle voit entrer dans la cour la petite Suzette, fille de Marianne, qui arrive tout doucement le long des murs, regardant de côté et d'autre comme si elle avait peur qu'on ne la voie, et en même temps envie d'être vue. Ernestine descend quelques marches et l'appelle.

— Comment va ta mère? lui dit-elle.

— Bien, répondit Suzette avec un gros soupir.

— Qu'est-ce que tu cherches?

— Rien. Et ce *rien* fut suivi d'un soupir encore plus gros que le premier. Elle se mit à regarder les fleurs d'Ernestine, et dit : « Voilà de belles fleurs ! puis, comme par suite de conversation, elle ajouta :

— Je n'ai pas dîné aujourd'hui.

— Tu n'as pas dîné?

— Non, et je crois que je ne dînerai pas.

— Pourquoi?

—C'est que maman ne peut pas me donner à dîner.

— Reste là, dit Ernestine ; et courant chez sa mère :

— Maman, dit-elle, voilà Suzette qui n'a pas dîné.

— Eh bien ! mon enfant, il faut faire quelque chose à cela.

— Oui, maman, croyez-vous... et elle hésitait. Pensez-vous que ce soit une dépense positive que de donner ici à manger à Suzette ? Il me semble qu'il y a assez à l'office...

— Je le crois, mon enfant ; il n'y aurait que le pain...

— Je ne le pense pas, pourvu du moins que tu veuilles ne le pas gaspiller comme tu fais en allant en couper de gros morceaux pour les donner à Turc, qui ne devrait avoir que les restes.

Ernestine le promit. Sa mère consentit à ce que Suzette fût nourrie au château pendant que sa mère garderait le lit. Ernestine lui fit donner, en attendant le dîner, un morceau de pain, auquel elle ajouta pour la première fois un petit pain d'épice qu'elle alla chercher dans sa chambre, car il lui appartenait. En passant auprès de Turc, qui, dès qu'il la vit, sortit de sa loge et vint à elle, autant que le lui permit la longueur de sa chaîne, en remuant la queue et

baissant les oreilles : « Mon pauvre Turc, dit-
elle, tu n'auras plus que les restes. » Cependant
elle pria Suzette de lui donner comme marque
d'amitié une bouchée du sien, et se promit
bien d'en aller chercher dans le panier aux
restes, pour ne pas perdre les bonnes grâces
de Turc.

Elle voulut porter elle-même le paquet de
linge, quoiqu'il fût un peu lourd ; heureusement que Marianne demeurait tout près du château. En arrivant elle lui dit :

— Tenez, Marianne, voilà du vieux linge que
j'ai demandé pour vous. Et elle était toute
rouge d'embarras et de plaisir.

— Je vous assure, dit la bonne, qu'elle était
bien pressée de vous l'apporter.

— C'est bien, mademoiselle Ernestine, dit
une des femmes qui étaient là, de venir voir et
soulager les pauvres gens.

Ce discours fit plaisir à Ernestine, mais il
l'embarrassa encore davantage. Les enfants,
surtout les jeunes filles, sont timides avec les
pauvres, parce qu'elles en ont peu vu, qu'elles
ne sont point accoutumées à leurs manières, à
leur langage, et qu'elles ne savent comment

leur parler. Cette timidité qu'elles ne cherchent pas assez à vaincre, les fait souvent accuser de hauteur. Heureusement pour Ernestine, Suzette, qui l'avait suivie, s'avança en mangeant de bon appétit un morceau de pain. On lui demanda où elle l'avait pris, elle dit que c'était mademoiselle Ernestine qui le lui avait donné.

— J'ai demandé à maman, dit Ernestine à Marianne, qu'elle fût nourrie au château tout le temps que vous seriez dans votre lit.

— C'est là ce qu'il lui faut pour la guérir, dit la femme qui avait déjà parlé, car depuis tantôt elle ne fait que pleurer et dire : *Qu'est-ce qui aura soin de ma pauvre enfant?* Je lui ai dit que si elle se tourmentait comme ça, elle se tournerait le sang.

— Suzette ne manquera de rien, je vous assure, ma pauvre Marianne, dit vivement Ernestine, ni vous non plus, j'espère.

La joie et la reconnaissance se peignirent sur le visage souffrant de Marianne ; elle joignit ses mains sous son drap, car on lui avait défendu de remuer. Une vieille femme qui était assise auprès de son lit, laissa tomber sa béquille, et prenant la main d'Ernestine entre les

siennes, lui dit : « Vous êtes une bonne demoiselle, le bon Dieu vous bénira. » Ernestine fut
si touchée, que les larmes lui en vinrent presque aux yeux. Cela commença à la mettre plus
à l'aise ; et sa bonne ayant interrogé les femmes
qui se trouvaient là, sur ce qu'avait souffert
Marianne, sur ce qu'on avait fait, sur ce qu'a-
vait ordonné le chirurgien, elle se mêla de la
conversation, et bientôt elle ne fut plus embarrassée du tout. Quand elle sortit, Marianne
éleva une voix faible pour la bénir ; la vieille
femme lui dit encore : « Vous êtes une bonne
demoiselle. » L'autre femme la suivit à la porte
et la regarda aller. Elle sentit qu'on allait parler d'elle dans cette pauvre chaumière pour dire
qu'elle était bonne, et cette pensée lui fit
éprouver un plaisir qu'elle ne connaissait pas
encore. Suzette, qui la suivait comme son ombre, lui paraissait être sous sa protection, et
elle se croyait elle-même plus grande et plus
raisonnable depuis qu'elle pouvait protéger
quelqu'un. En ce moment, elle n'aurait pas
donné le plaisir d'être chargée de Marianne
pour tous les plaisirs du monde. Elle alla conter à
ses parents toute la joie qu'elle éprouvait, et ils

la partagèrent. Elle dit à sa mère qu'elle avait encore une chose à lui demander, mais qu'elle espérait que ce serait la dernière : c'était du bouillon pour Marianne.

— Je pourrais bien, dit-elle, lui faire mettre un pot-au-feu ; mais il faudrait du bois, et la viande ne lui servirait pas ; le bouillon, si on le faisait pour deux jours, tournerait au premier orage, et puis cela donnerait plus de peine à ses voisines ; peut-être en pourrait-on donner d'ici sans que cela augmentât la dépense.

— Je vois, dit sa mère en souriant, que tu commences à t'y entendre.

C'était le fruit de sa conversation avec les femmes qui soignaient Marianne. Madame de Cideville lui permit de demander du bouillon à monsieur François, le cuisinier, et monsieur François dit qu'il lui en donnerait de grand cœur, pourvu que mademoiselle Ernestine ne vînt pas sans cesse lui dire : « Monsieur François, ne faites donc pas si souvent de la sauce blanche aux asperges ; monsieur François, les épinards n'avaient pas de goût aujourd'hui ; ou bien, je n'aime pas la soupe à la purée. »

Ernestine promit d'être contente de tout, et

elle l'était en effet beaucoup de sa journée.

L'après-midi elle ramassa dans les champs plusieurs des herbes dont on lui avait dit qu'on pourrait avoir besoin pour Marianne ; elle apprit à en reconnaître aussi quelques-unes qui croissaient dans les endroits sauvages du parc, ou même dans les fentes des murs. On les montra au chirurgien, à qui plusieurs parurent très-bonnes : il en fallait quelques autres qu'il promit de fournir. Ernestine lui en demanda le prix.

— Rien pour vous, ma belle demoiselle, lui dit-il, je ne veux pas ruiner une si bonne sœur de charité. Ernestine le remercia en rougissant, et de ce moment lui montra une politesse et une attention qui charmèrent tellement le bon chirurgien, qu'il redoubla de soins pour Marianne : il rendait compte de son état à Ernestine, lui disait ce qu'il fallait faire, et elle le remerciait d'une manière qui achevait de lui gagner le cœur. Il plaisantait avec elle, elle riait avec lui ; ils étaient devenus les meilleurs amis du monde. Un jour il fallut une drogue un peu plus chère ; Ernestine voulait absolument la payer, il ne le voulut pas.

— Je suis aussi pharmacien, disait-il, je fais cela moi-même.

— Mais vous le vendriez ?

— Cela n'est pas sûr ; il y a des drogues qu'on est obligé de préparer d'avance, pour le cas où on en aurait besoin, et qui, cependant, si on les garde trop longtemps, courent risque de se gâter. Ce risque-là, on le fait payer aux gens qui ont de l'argent, en leur vendant la drogue plus cher, ce qui est juste ; mais il est juste aussi que les pauvres en profitent, en recevant pour rien ce qui peut-être se gâterait.

Ernestine fut satisfaite des raisonnements du chirurgien ; mais elle dit à sa mère que, comme elle voulait lui faire un présent qui ne lui coûtât pas bien cher, elle avait résolu de lui broder un gilet qui ferait à merveille sur son corps. Sa mère l'approuva, l'aida même, et quand le gilet fut fini, on pria le chirurgien à dîner. Ernestine lui mit le gilet sous sa serviette, ce qui lui fit un si grand plaisir, qu'il n'y avait certainement plus rien au monde qu'il n'eût fait pour sa petite sœur de charité, comme il l'appelait toujours.

Du moment où Marianne avait commencé à

aller mieux, il lui avait fallu de la soupe, et le chirurgien avait désiré que, pour ne pas fatiguer un estomac affaibli par la misère autant que par la maladie, on la fît avec du pain plus léger que celui qui se cuisait au château pour les domestiques. Ernestine en fit d'abord acheter, puis elle remarqua qu'il en restait souvent, de celui qu'on servait à la table des maîtres, des morceaux assez considérables, dont personne ne profitait, et qui allaient dans le panier des restes. Elle eut d'abord quelque scrupule de les employer.

— Maman, dit-elle à madame de Cideville, n'est-ce pas mal de ramasser pour Marianne des restes de pain comme on en donne à Turc ?

— Ce n'est pas la même chose, mon enfant, car on ne les doit donner à Turc qu'en supposant qu'ils ne peuvent servir à aucun autre usage. Si tu ne les donnais à Marianne que parce que personne n'en veut, cela serait mal sans doute ; car tu sais que Dieu a puni le mauvais riche pour n'avoir fait d'autre bien à Lazare que de lui laisser manger les miettes qui tombaient de sa table. Au lieu de faire la

charité, tu marquerais pour les pauvres un mépris bien cruel et bien odieux ; mais loin que
ce soit par mépris pour Marianne que tu ra-
masses ce pain, c'est au contraire un soin que
tu prends pour elle, c'est pour avoir plus de
moyens de lui faire du bien.

Ernestine, rassurée par sa mère, fut cependant embarrassée lorsqu'elle porta chez Marianne ces morceaux qu'elle avait coupés le
plus proprement qu'il lui avait été possible ;
elle voulut les porter elle-même, au lieu que
Suzette se chargeait ordinairement de ce qu'elle
apportait à sa mère ; elle les montra en rougissant à la voisine qui devait faire la soupe ; la
voisine les montra à Marianne, qui parut bien
contente de l'idée d'en avoir autant tous les
jours ; et Ernestine vit bien qu'avec une véri-
table bonté, on ne court jamais le risque de
blesser ceux qu'on oblige ; car il n'y a que les
intentions méprisantes, ou l'inattention, qui
puissent blesser. De ce moment, après le dîner,
après le déjeuner, elle fit avec soin le tour de
la table ; et pour porter à Marianne un petit
pain tout entier, elle dit souvent à déjeuner
qu'avec son lait et son beurre elle aimait
mieux le pain du château.

Avec tous ces soins, l'état de Marianne s'amé-
liorait de jour en jour; mais Ernestine était
bien inquiète pour le moment où il faudrait
qu'elle se nourrît elle-même ainsi que sa fille;
elle n'avait pu soigner son petit jardin, qui lui
fournissait des légumes. Ernestine vit un jour
la fille de Jacques le jardinier, Geneviève, qui
revenait, en pleurant, du catéchisme; elle devait faire cette année-là sa première communion; elle allait au catéchisme pour être instruite; mais comme elle n'avait plus de mère,
et que son père n'avait pas le temps de la faire
répéter, Geneviève, qui était naturellement in-
dolente, savait toujours mal et était répriman-
dée. Ernestine, beaucoup plus avancée, quoique plus jeune, lui proposa de lui faire répéter
son catéchisme, et à force de peine, parvint à
lui faire entrer sa leçon dans la tête. Elle n'a-
vait eu d'abord d'intention que celle d'être utile
à Geneviève; mais le même jour le jardinier
lui ayant demandé comment allait Marianne :

—Assez bien, dit-elle; mais j'ai peur que son
pauvre jardin n'aille bien mal, car personne
n'en a soin.

—On pourra voir cela, dit Jacques.

Ernestine lui fit, comme il s'en allait, un signe de tête gracieux ; et le lendemain, comme elle était dans le jardin à faire répéter la leçon à Geneviève, elle vit Jacques qui revenait de chez Marianne, dans le jardin de laquelle il avait porté quelques plants de choux ; il dit à Geneviève d'y aller l'après-midi arracher les mauvaises herbes, et promit à Ernestine, qui le remerciait de bien bon cœur, de le soigner tant qu'il serait nécessaire.

Elle mit Geneviève en état de faire sa première communion ; et lorsqu'en sortant de l'église celle-ci vint la remercier, Ernestine sentit une grande joie et un orgueil bien pardonnable de se voir utile à plusieurs personnes.

Elle jouissait de plus d'une manière des fruits de sa bienfaisance envers Marianne ; car, comme elle avait souvent des services à demander, elle était obligeante envers tout le monde, prévenante comme elle ne l'avait jamais été, en sorte que tout le monde s'empressait à lui faire plaisir ; sa bonne, en particulier, qui n'avait jamais été si contente d'elle, ne savait comment lui témoigner sa satisfaction ; elle la menait chez Marianne aussi souvent qu'elle le voulait, et lui avait offert d'apprendre à travailler à Suzette ; elles apprirent aussi à Suzette à soigner sa mère dès qu'elle fut un peu moins malade, pour que ses voisines pussent retourder à leurs affaires ; elles lui apprirent à ôter les mauvaises herbes du jardin et à l'arroser. Ernestine le lui faisait arroser devant elle, pendant qu'un des domestiques du château, qu'elle en avait prié bien poliment, tirait les seaux d'eau du puits. Souvent Ernestine arrosait elle-même ; c'était sa grande récréation, car elle n'aimait plus les jeux d'enfant.

Les choses sérieuses et utiles dont elle était occupée lui donnaient des goûts raisonnables, et elle ne pouvait plus s'amuser des niaiseries ; en même temps elle n'avait jamais été si heureuse et plus éloignée de s'ennuyer ; car, quand elle n'avait rien à faire, elle prenait son tricot et tricotait un jupon à Marianne, ou bien elle arrangeait une vieille robe pour Suzette, ou bien elle travaillait pour elle, parce que sa mère lui avait promis, pour le prix des façons de robes et de fichus qu'elle lui épargnerait, de donner du vin à Marianne.

Le temps vint enfin où Marianne se leva.

« Je ne puis pas encore marcher, dit-elle à Ernestine, mais je puis travailler. Si j'avais du
chanvre, je filerais. » Ernestine lui acheta du
chanvre ; et Marianne, qui était fort active, et
qui s'était horriblement ennuyée de rester si
longtemps sans rien faire, filait du matin jusqu'au soir. Elle donna son fil au tisserand, qui
lui donna en échange une certaine quantité de
grosse toile que madame de Cideville lui acheta
pour l'usage de sa cuisine. Elle racheta du chanvre, et recommença à filer.

Ernestine, peu de temps après son accident,
avait acheté pour Marianne un petit porc
qu'elle avait eu à très-bon marché; on lui
avait fait une loge de vieilles planches dans la
cour du château; on l'avait nourri avec les
eaux de vaisselle et les restes de la cuisine.

Ernestine avait instruit Suzette à ramasser
tout ce qui pourrait nourrir le porc; il était devenu gros : elle le donna à Marianne.

Le jardinier avait donné une assez bonne
récolte de pommes de terre; ainsi ce fut sans
inquiétude sur la subsistance de sa protégée,
dont la santé était bien rétablie, qu'Ernestine
retourna à Paris au commencement de l'hiver.

10

— Es-tu contente de l'emploi de ton louis? lui demanda en voiture monsieur de Cideville. Elle se jeta au cou de son père, ce louis l'avait rendue si heureuse ! Il est vrai qu'elle avait dépensé un peu davantage, et qu'on l'avait bien aidée.

—Tu nous as mis à contribution pour Marianne, reprit en souriant monsieur de Cideville ; quand tu seras plus grande, tu sauras que nous ne devons pas concentrer toute notre bienfaisance sur un seul objet, mais tâcher de partager nos soins sur les malheureux qui se trouvent à notre portée.

— Mais, papa, dit Ernestine, je ne pouvais me charger que de Marianne.

— Sans doute je ne t'en fais pas un reproche ; mais comme tu auras alors plus de moyens, tu sauras les combiner, j'espère, de la manière la plus avantageuse pour le bien de plusieurs. En attendant, tu as si bien employé ton louis, que je te promets de t'en donner un tous les trois mois à employer de même.

Ernestine frappa des mains avec une exclamation de surprise et de joie, et se jeta une seconde fois dans les bras de son père.

— Songe, lui dit-il, que cette somme ne doit composer que la plus petite partie des moyens que tu emploieras à faire le bien, et que tu n'y dois avoir recours que quand tu ne pourras pas faire autrement.

Ernestine répondit que c'était son dessein, et qu'elle saurait épargner son argent.

— Il faut épargner les dépenses, reprit son père, toutes les fois qu'on peut les remplacer par des soins, de l'activité, de l'ordre. L'argent est fait pour donner ce que nous ne pourrions avoir autrement ; ainsi on ne peut faire ses souliers, ses habits, on paye pour en avoir : d'après les convenances de la société, on ne peut avoir une certaine fortune et se servir soi-même, on paye pour avoir des domestiques. Mais une femme qui, au lieu de prendre soin de son ménage, de conduire elle-même sa maison, payerait quelqu'un pour s'en charger à sa place, ferait un très-mauvais emploi de son argent, car c'est une sottise que d'employer à acheter des autres ce que nous pouvons faire nous-mêmes. On en peut dire autant de ceux qui, au lieu d'employer à faire le bien leurs soins et leur activité, n'y em-

ploient que leur argent : ils en dépensent
beaucoup, et font bien peu de chose, car celui
qui fait tout avec de l'argent n'en a jamais
assez.

— Il me semble, dit Ernestine, que c'est perdre aussi le plaisir de faire du bien, car si j'a-
vais eu dix louis à donner à Marianne, cela ne
m'aurait pas rendue aussi heureuse que les
soins que vous m'avez permis de prendre d'elle
tout l'été.

Monsieur de Cideville apprit à sa fille qu'il y
avait des gens qui croyaient se rendre bien
heureux, en se débarrassant de tout ce qui leur
donnait la moindre peine, et qui, au contraire,
se livraient à l'ennui le plus profond. Il lui dit
que c'était ce qui arrivait à tous ceux qui ne
savaient pas faire effort pour surmonter les
difficultés ou les premiers désagréments d'une
chose.

Ernestine se souvint en effet que, si elle
l'avait osé dans le premier moment, elle se serait débarrassée sur ses parents du soin de
pourvoir aux besoins de Marianne, et aurait
perdu tout le bonheur qu'elle avait eu depuis.

Ernestine grandit. C'est assez ordinairement

dans la terre de ses parents qu'elle emploie tous les ans ses quatre louis, et surtout l'étonnante industrie qu'elle a acquise pour faire beaucoup avec peu.

Elle est chérie de tous les gens du village ; comme elle a rendu des services à plusieurs d'entre eux, elle en obtiendrait d'eux très-facilement pour ceux qui en auraient besoin ; ainsi ses moyens se multiplient.

Elle a semé dans un coin du parc de son père les plantes médicinales dont on a le plus communément besoin ; elle a appris à les faire sécher.

Elle compte que Suzette, qui devient une assez bonne ouvrière, pourra bientôt, sous sa direction, montrer à d'autres jeunes filles du village, elle et sa bonne lui ont aussi appris à lire.

Ernestine s'instruit elle-même de tout ce qui peut l'aider à faire le bien sans y dépenser trop d'argent, et elle rit de bien bon cœur quand elle se souvient du regret qu'elle a eu de ne pouvoir mettre un louis à un tableau mouvant

LE DOUBLE SERMENT

Henri, jeune homme de quinze ans, avait de bonnes intentions et n'y conformait pas toujours sa conduite ; il aimait son père et son précepteur, mais il aimait encore plus ses plaisirs ; il eût tout fait pour leur procurer de la joie, mais il ne leur donnait pas la plus douce de toutes, celle de le voir docile et vertueux. La violence de son caractère arrachait souvent à ceux qu'il chérissait des larmes amères qui finissaient par lui en faire répandre à lui-même. Sa vie se partageait ainsi entre les fautes et le repentir ; et l'inutilité de ses bons projets, toujours détruits par des actions répréhensibles, avait ôté à ses parents l'espoir de le voir s'amender.

Le comte de ......, son père, ne cessait de songer avec une inquiétude toujours croissante au moment où Henri le quitterait pour aller à l'Université ou pour voyager.

Le comte était d'un caractère doux, mais faible, et d'une santé languissante ; la mort de la comtesse, sa femme, avait miné sous lui le sol sur lequel reposaient ses pas.

Henri, quelques jours avant celui où il devait partir pour l'Université, se rendit coupable d'une faute qui perça d'un trait cruel le cœur si souvent blessé de son malheureux père. Le comte tomba malade et se mit au lit, sans se flatter de l'espoir qu'il n'échangerait pas cette triste couche contre le lit de pierre qui l'attendait dans le parc, avant d'avoir vu le retour de son fils à la vertu.

Je ne vous peindrai donc ni la faute ni le chagrin de Henri ; mais en portant sur ses torts un jugement sévère, comprenez-y tous ceux dont vous pouvez vous être vous-mêmes rendus coupables.

Henri, lorsqu'on eut perdu tout espoir de guérison, ne put soutenir l'aspect triste et abattu de son père ; il se tenait dans la chambre voisine : là, tandis que la vie du comte luttait contre des défaillances continuelles, il adressait au ciel des prières muettes, fermait les yeux sur l'avenir, et redoutait comme une bombe foudroyante ces premiers mots : *Il est mort !* Le jour vint cependant où il fallut se présenter devant son père, prendre congé de lui, recevoir son pardon, et faire le serment de devenir meilleur.

Seul à côté de la chambre du malade, qui sortait d'un long et douloureux engourdissement, il écoutait et n'entendait que la voix de son vieux précepteur, qui avait été aussi celui de son père, et qui, voyant s'approcher pour celui-ci les ténèbres de la mort, lui donnait sa bénédiction en disant : « Endors-toi douce- » ment, âme vertueuse ! que toutes tes bonnes » actions, toutes les promesses que tu as te- » nues, toutes les pieuses pensées se rassemblent » autour de toi au terme de ta vie, comme les » beaux nuages du soir accompagnent dans sa » retraite le soleil couchant ! Souris encore si » tu peux m'entendre, et si ton cœur éteint » possède encore la force de sentir. » Le ma- lade fit un effort pour s'arracher au lourd som- meil de l'évanouissement ; mais il ne sourit pas, car, dans le trouble de ses sens, il avait pris la voix de son précepteur pour celle de son fils. « Henri, dit-il en balbutiant, je ne te vois

» pas, mais je t'entends. Pose ta main sur mon
» cœur et jure-moi que tu deviendras bon. »
Henri se précipite pour le jurer; mais le précepteur avait déjà posé sa main sur le cœur
palpitant du père; il lui fait signe et lui dit à
voix basse : « Je jure pour vous. » Le cœur du
comte battait encore de ce mouvement lent et
affaibli d'une vie près de finir . il n'entendit ni
le serment ni les amis qui l'entouraient.

Henri, succombant à cette scène déchirante,
tremblant de celle qui allait la suivre, voulait
fuir du château et n'y revenir que lorsque les
heures les plus cruelles de son désespoir seraient passées; mais il sentit que son amende-
ment ne devait pas commencer par une fuite
secrète. Il dit à son précepteur qu'il ne pouvait
supporter plus longtemps cet affreux specta-
cle, qu'il reviendrait dans huit jours ; et alors,
ajouta-t-il d'une voix étouffée, je retrouverai
encore ici un père. Il l'embrassa, lui dit où il
allait s'ensevelir, et sortit.

Il traversa le parc en sanglotant et à pas in-
certains. Il aperçut les deux sépulcres blancs
qui paraissaient à travers les branches des ar-
bres, et s'en approcha. Il n'eut jamais le cou-

rage de toucher la tombe encore vide où devait reposer son père ; il s'appuya contre celle qui couvrait un cœur dont au moins il n'avait pas causé la mort, celui de sa mère, qu'il avait perdue depuis plusieurs années. Là, devant sa mère et devant Dieu, il renouvela le serment de revenir au bien.

Il arriva où il voulait rester ; mais après quatre jours de remords, de larmes et de désespoir, il sentit qu'il fallait retourner au château, prouver ses regrets pour son père en imitant ses vertus. La plus belle fête que l'homme puisse donner à ceux qu'il a aimés et qu'il pleure, c'est d'essuyer les pleurs de ceux qui souffrent ; une suite de bonnes actions forme la plus belle couronne qu'il puisse suspendre sur leur tombe.

Henri reprit le chemin de la maison paternelle ; c'était le soir qu'il traversait le parc : la pyramide sombre qui surmontait le sépulcre de son père paraissait à travers les rameaux, comme ces nuages grisâtres qui nagent dans l'azur du ciel, sur les ruines noircies d'un village incendié. Henri s'arrêta ; il appuya sur la pierre froide sa tête inondée de larmes ; au-

cune douce voix ne lui dit : « Sois consolé. »
Aucun père n'était là pour s'attendrir et lui répéter : « Je t'ai pardonné. » Le murmure des feuilles lui semblait un murmure de colère, et l'obscurité du soir le glaçait de terreur, comme d'épouvantables ténèbres. Cependant il reprit courage, et renouvela en ces mots le serment qu'avait prononcé pour lui son précepteur : « O mon père ! mon père ! entends-tu ton pau-
» vre enfant qui pleure sur ta tombe ? Vois, je
» suis ici à genoux ; je t'implore, je te jure que
» j'accomplirai le vœu que mon précepteur a
» prononcé sur ton cœur expirant. O mon père !
» mon père ! (la douleur étouffait sa voix) ne
» donneras-tu à ton enfant aucune marque de
» ton pardon ? »

Il se fit autour de lui un frémissement ; une figure qui s'avançait avec lenteur écarta les branches et dit : « Je t'ai pardonné. » C'était son père. Celle qui tient le milieu entre le sommeil et la mort, la sœur et l'ombre du trépas, la défaillance, l'avait rendu à la vie en le plongeant dans un assoupissement salutaire. C'était la première fois qu'il sortait, accompagné de son précepteur, pour venir rendre grâces sur son tombeau. Bon père, si tu avais passé réellement dans un autre monde, ton cœur n'aurait donc pu battre de joie, tes yeux n'auraient pu verser de douces larmes sur le retour d'un fils repentant qui venait mettre à tes pieds un homme nouveau!

Je ne puis tirer le rideau sur cette scène attendrissante, sans adresser à mes jeunes lecteurs une seule question. Etes-vous encore assez heureux pour posséder un père et une mère, à qui vous puissiez donner des joies inexprimables par votre amour et vos vertus? Ah! si l'un de vous avait négligé jusqu'ici de les leur procurer, je remplis auprès de lui l'office d'une conscience qui ne saurait manquer de se réveiller, et je lui dis qu'un jour viendra où rien ne pourra le consoler, et où il se dira : « Ils m'ont aimé par-dessus tout, et je les ai » vus mourir sans leur avoir donné le bonheur » de se dire : Il est vertueux! »

FIN.

Limoges. — Imp. E. ARDANT et Cⁱᵉ

www.ingramcontent.com/pod-product-compliance
Lightning Source LLC
Chambersburg PA
CBHW070901030726
47504CB00005B/1414